Nomen is Omen *Ulli*!

Grüße aus dem Jenseits

Von
Ulrike Bernhardt

Vorwort

Im Zuge der Covid-19 Pandemie zählte ich, durch meine Herzerkrankung zur Hochrisikogruppe und hatte nun plötzlich so viel Zeit, wie ich sie bisher noch nie in meinem Leben hatte ! Um diese Zeit trotzdem sinnvoll zu nutzen, beschloss ich mein Projekt, das ich für die Zeit nach meiner Pensionierung geplant hatte, vorzuziehen. So entstand dieses Buch viele Jahre früher als geplant !

Vieles in diesem Buch passiert auf Tatsachen, die genau so oder so ähnlich passiert sind, gepaart mit völlig frei erfundenen Fantasien.

Ich danke allen erwähnten Personen, die mich bisher in meinem Leben so tatkräftig unterstützt und /oder mich einfach nur inspiriert haben, damit dieses Buch überhaupt entstehen konnte !

Inhaltsverzeichnis

1. York und Salem

Erschöpft fiel die 35jährige Alleinerzieherin in ihr Bett. Sie ließ ihren Tag Revue passieren. Wo sollte das alles nur hinführen! Die Kinder und alle anderen brauchten sie! Es brauchte etwas Neues, das ihr half, denn alle und alles schien gegen sie zu sein. Sie konnte einfach nicht mehr! Alles war einfach wie verhext!

Ehe sie es sich versah war sie sofort mitten im Geschähen.

Wirklich wahr, sie hatte es geschafft, ein neues Mittel sollte ihr bald helfen alle Leute hier in ihrer Umgebung zu heilen. Das war auch bitter nötig denn in der Umgebung zwischen York und Salem waren die Menschen alle schwer krank. Eine unerklärliche Seuche ging um. Viele der Menschen in der Umgebung konnten nicht mehr aufrecht gehen und hatten teilweise Fieber mit Wahnvorstellungen. Vor allem die Kinder taten ihr besonders leid.

Glück hatte sie doch noch rechtzeitig das alte geheimnisvolle Rezept ihrer Großmutter gefunden. Fein säuberlich begann die junge Frau die Zutaten aus dem dicken Buch ihrer, eigentlich so gar nicht geliebten Großmutter abzuschreiben. Dabei sah sie die alte grobknochige Frau im Geiste wieder vor sich. Das graue Haar trug sie immer in einem Knoten am Hinterkopf hatte eine große Hackennase und eigentlich überhaupt so gar nichts Liebliches an sich. Sie war auch sicher keine Dame der Gesellschaft. Ihre Kleidung verriet ihre ärmlichen Verhältnisse und hatte auch nichts typisch Weibliches an sich. Sie war sich dessen sehr wohl bewusst und trug es mit einem gewissen eigenen Stolz, den aber außer ihr selbst niemand verstand. Sie pflegte auch immer zu sagen, dass dies auch alles nicht zu ihrer Welt gehöre. Sie verhielt sich auch immer äußerst merkwürdig und auch Angst einflößend und konnte die junge Mutter sichtlich auch nicht leiden. Dazu hatte ihre Großmutter, als sie selbst noch ein Kind war einmal im Groll laut auf die Anwesenden Familienmitglieder niedergeschrien „….. und diese Göre ist genau diese die, dieselben Fähigkeiten in sich trägt …. „und zeigte damals dabei auf die jetzt erwachsene junge Frau und verschwand scheinbar ins Nichts. Viele sagten ihrer Großmutter nach, dass sie eine Hexe war. Könnte es sein, dass die Recht hatten? Besser

gar nicht erst an so was denken, wo nun Hexen seit einiger Zeit schon verfolgt wurden !
Die junge Mutter war endlich fertig mit dem Abschreiben und räumte das große dicke und schwere Rezeptbuch wieder sorgfältig an seinen Platz. Nur sie alleine wusste von der Existenz von diesem Buch und so sollte es auch bleiben ! Gerade noch rechtzeitig denn ihre kleine Angel war gerade aufgewacht, tappte verschlafen auf sie zu und schmiegte sich an sie. Die Kleine war wirklich, wie ihr Name, einfach ein Engel. Eilig steckte sie ihre Notizen weg und hob das Mädchen hoch. Innig drückte auch sie ihr Töchterchen an sich. Sie liebte die Kleine so sehr und hatte das Gefühl einfach wirklich, im wahrsten Sinn des Wortes, ein Herz und eine Seele zu sein. Gerade so als hätten sie schon tausende von Jahren und schon viele Leben gemeinsam gelebt und als ob sie beide nur darauf gewartet hätten wieder gemeinsam auf der Welt zu sein. Dieses Gefühl hatte sie seit, ihr klar wurde, dass sie bald ein Kind zur Welt bringen würde. Seit die Kleine da war hatte sie das Gefühl als wäre sie erst jetzt komplett, weil die Kleine der Teil war, der ihr bis dahin gefehlt hatte !

Nur widerwillig riss sich die junge Mutter aus ihren Gedanken. Sie mussten sich schließlich beeilen, um alle Zutaten für ihre Medizin zu sammeln. Es würde sicher nicht so leicht sein alles zu finden und sie hatten einen weiten Weg vor sich. Zum Glück war das Wetter für die Gegend auffallend schön mit angenehmer Temperatur. Mutter und Tochter machten sich frisch zogen ihre Waldkleidung an und aßen noch ausgiebig ihr Frühstück.

Das kleine Mädchen freute sich über den bevorstehenden Ausflug, den ihr ihre Mami angekündigt hatte und plapperte vergnügt was sie alles sehen würden. Die kleine war auch so aufgeregt weil sie wusste, dass sie den großen Leiterwagen mitnehmen würden, denn damit hieß es auch, dass sie wieder viele interessante Dinge mit nach Hause bringen würden und sie durfte sich auch immer wieder in den Wagen setzen wenn sie zu müde würde vom herumhüpfen.

Die Beiden waren den ganzen Tag auf Wiesen und in Wäldern unterwegs und hatten gemeinsam hart gearbeitet um alle Zutaten für die neue Medizin, nach dem Rezept aus dem dicken Buch der alten Großmutter - „Hexe"- wie sie so viele immer wieder genannt hatten - zusammen zu tragen. Das sonst so quirlige Mädchen saß still und erschöpft zusammengekauert in der kleinen Ecke, die gerade noch für sie freigeblieben war. Obwohl sie so erschöpft war, hatte sie ein glückliches Lächeln im Gesicht, denn sie war stolz auf sich selbst, wie toll sie ihrer Mami heute wieder helfen konnte. Ihre Mami hatte sie immer und immer wieder gelobt und das freut sie immer noch. Sie war schmutzig von Kopf bis Fuß ihre widerspenstigen braunen Haare hingen ihr zerzaust ins Gesicht ihre Wangen glühten wie ein roter Apfel Sommersprossen tanzten lustig auf ihrer kleinen Nase und unter den strahlenden braunen Augen. Sie wirkte in diesem Anblick wieder einmal so süß und das Mutterherz schmolz wieder nur so dahin, als sie ihre Kleine aus dem Karren hob.

Rasch schob sie den Wagen in seinen Schuppen. Das Ausladen musste bis am nächsten Tag warten, denn es war schon spät und sie beide schmutzig müde und hungrig. Flotten Schrittes gingen die Beiden Hand in Hand in ihre kleine eher ärmliche, aber doch recht gemütliche Hütte. Nach dem sie sich sauber gemacht hatten gab es noch ein reichliches Abendessen. Doch beide konnten nicht mehr viel essen sie waren einfach schon zu müde dafür, obwohl sie erst noch beide einen riesigen Hunger hatten. So wurde das große Abendmahl fürs Frühstück am nächsten Tag aufgehoben und sie kuschelten sich in ihr großes gemeinsames Bett. Kaum waren sie im Bett schliefen beide auch schon ein.

Am nächsten Morgen erwachten sie früh gut ausgeschlafen und mit riesigem Hunger. Die Mutter spürte alle Muskeln von der harten Arbeit am Vortag, doch die Kleine schien quietsch und vergnügt obwohl auch sie ihr fleißig geholfen hatte.

Was würde sie nur ohne Angel tun ! Mit ihren fünf Jahren war sie durch ihre Situation schon sehr reif und verständnisvoller als so manch Erwachsener. Ihre Tochter tat ihr manchmal leid, denn sie hatte kein anderes Kind um unbeschwert spielen und einfach Kind sein zu können. Wenn man es richtig betrachtete, hatten sie seit vielen Jahren eigentlich nur noch sich selbst ! Der Vater von Angel wollte sie nicht mit ihrer Angel teilen und frei und ungebunden sein. Noch vor dem ersten Geburtstag von Angel packte er eines Tages in der Früh seine wenigen Habseligkeiten und verschwand auf nie mehr Wiedersehen. Das war ein Schlag mitten ins Gesicht für die junge Mutter, denn sie war der Meinung die Liebe ihres Lebens gefunden zu haben. Seit Angels Geburt verwandelte er sich immer mehr in einen, ihr völlig fremden Mann. Anfangs weinte sie sich die Augen aus, aber sehr bald versiegten ihre Tränen, denn da war Angel, die sie brauchte und die sie über alles liebte. Wenn sie jetzt an Angels Vater dachte konnte sie es nicht mehr verstehen, wie sie ihn nur lieben konnte. Sie war ihm nur dankbar, dass sie durch ihn nun ihre Angel hatte ! Nie und nimmer würde sie die kleine gegen ihn tauschen wollen !

Nach einem ausgiebigen Frühstück machten sie sich an die Arbeit, um den Leiterwagen mit ihrer Ernte zu entladen um damit die Medizin für ihre Kranken anschließend daraus zubereiten zu können. Es brauchte den ganzen Tag, um alles erst an seinen Platz zu räumen. Um die Wurzeln zu zerkleinern und zum Trocknen aufzulegen, die Beeren, Blätter und Blüten auszusortieren und ebenfalls auf Tüchern zum Trocknen auszustreuen. Auch Angel war natürlich, wieder voller Eifer dabei. Es wäre eigentlich das Leben im Moment so schön, wenn da nicht gerade diese ekelhafte Krankheit umgehen würde ! Sie schafften es ihre ganze Ernte zu verarbeiten und auch an diesem Abend fielen beide wieder gemeinsam und erschöpft in ihr Bett.

Am Tag darauf gab es ihr gewohnt ausgedehntes Frühstück. Danach zogen sie sich wieder ihre Wandersachen an und holten wieder den großen Leiterwagen aus dem Schuppen, denn nun musste sie den Honig bei der alten Bienenkönigin abholen, den sie in den nächsten Tagen und Wochen für die Zubereitung ihrer Medizin brauchen würden. Angel hopste wieder vergnügt vor ihrer Mami und dem Leiterwagen voraus. Sie kannte den Weg zur Bienenkönigin nur zu gut und freute sich schon auf sie, denn da gab es immer etwas lecker Süßes für sie. Angie liebte es, wenn sie Bienenwachs bekam. Sie kaute dann darauf herum, bis sie wieder zu Hause waren.

Mutter und Tochter setzten ihren gewohnten Weg zur Bienenkönigin fort. Sie gingen über Hügel, Wiesen und durch Wälder. Es war ein einfach bezaubernder, abwechslungsreicher Weg, den beide gleichermaßen liebten. Wie schon so oft startete die junge Mutter mit ihrer Kleinen, in sehr nachdenklicher ernster Stimmung. Der jungen Frau schossen die wildesten Gedanken durch den Kopf und man könnte sagen sie hatte wirkliche Zukunftsängste, die sie schon eine ganze Weile plagten. Sie sorgte sich weniger um ihrer beider eigenes Leben, sondern um die Situation im Land im Allgemeinen. Die Machthaber waren nicht einschätzbar geworden, seit einige ihrer Familienmitglieder an dieser neuen, schrecklichen Seuche erkrankten, die sich seither hier in der näheren und ferneren Umgebung ausbreitete.

Viele Leute hier behaupteten, dass es das Herrscherhaus war, das die Seuche mit ihren ständigen Reisen ins Land gebracht hatte und damit verlor die Bevölkerung die Achtung vor dem gesamten Herrscherhaus, was denen natürlich nicht entgangen war. Daraufhin holte das Adelsgeschlecht zu seiner Verteidigung zum Gegenangriff aus und bezeichnete die Anschuldigungen als Ketzerei. Die Ketzerei wurde hart mit Freiheitsentzug und Peitschenschlägen bestraft. Nebenbei waren die Adeligen auch sehr verzweifelt, da ihnen die anerkannten Mediziner, trotz Strafandrohungen nicht helfen konnten.

Die Bewohner der Umgebung hatten sich sukzessive auch schon angesteckt. Auch sie hatten hohes Fieber mit Wahnvorstellungen. Keiner traute sich mehr recht in die Stadt, denn da war es besonders schlimm mit der Ansteckung. Der Ländliche Bereich um Angel und ihrer Mutter wurde bisher zum Glück verschont.

Mittlerweile hatten Angie und ihre Mami schon ein schönes Stück ihres Weges hinter sich gebracht und die düstern Gedanken der Mutter hatten sich wieder verflüchtigt. Mit deutlich besserer Laune und fast vergnügt setzten sie den Rest des Weges fort. Es war immer schön die Bienenkönigin zu besuchen, ganz egal wie schlecht ihre Laune und wie groß ihre Probleme auch gerade waren. Schon der Weg zu ihr hob eine noch so schlechte Stimmung !

Es war schon später Vormittag, als das Anwesen der Blumenkönigen hinter einem Hügel mit einer riesigen Blumenwiese auftauchte. Es war wie immer ein Anblick wie in einem wunderschönen Bilderbuch. Unzählige bunte Blumen, über die bunte Schmetterlinge flattern. Dazu summten viele Insekten und auch die unzähligen Bienen der Bienenkönigin. Es sang eine vielstimmige Vogelschar, geradezu um die Wette. Nebenan eine Pferdekoppel mit einigen Stuten und ihren Fohlen. Das Firmament strahlend blau mit einigen weißen

Schäfchenwolken. Dahinter das Anwesen der Bienenkönigin, das mit seinen Erkern und seinen Spitzdächern wie ein kleines Märchenschloss wirkte. Das Anwesen war mit einer niedrigen weißen Mauer eingezäunt. Durch ein riesiges Gartentor mit Blumenbogen gelangte man auf das Grundstück.

Angel hopste voraus durchs Tor und stürmte auf die geliebte Bienenkönigin zu. Diese war, wie immer fleißig wie ihre Bienen. Wenn man sie betrachtete wirkte sie selbst wie eine überdimensionale Biene. Das schwarze Tuch am Kopf, das sie an der Stirn verknotet mit wegstehenden Tuchenden trug, das blonde kurze lockige Haar darunter, dazu das schwarze Kleid mit gelb geschnürtem Korsett und der gelb-schwarz gemusterten Schürze. Sie trug noch schwarze Strümpfe und Schnürschuhe. Mit einem Korb in der Hand schwirrte, sie ein Lied summend, im Garten umher.

Nach der üblichen herzlichen Begrüßung und Plauderei bestaunten Mutter und Tochter, bei der Führung durch den ganzen Garten die herrlichen Pflanzen. Alles war so himmlisch hier, der Duft, die Farben, die Geräusche der Insekten dazu der Gesang der Vögel und die geradezu liebevolle Gastfreundschaft der Bienenkönigin. Das kleine

Mädchen hatte ein neues Kätzchen entdeckt und drückte es an sich.

Nach einem gemeinsamen, zeitigen Mittagessen und dem Geschäftlichen mussten sich Angel und ihre Mami wieder auf den Heimweg machen. Sie hatten der Bienenkönigin getrocknete und frische Waldkräuter mitgebracht und außerdem selbst gemachte Mischungen die speziell zubereitet werden mussten und gegen allerlei Beschwerden wirkten. Im Gegenzug bekamen sie herrlichen Honig und allerlei aus Honig hergestellte Produkte, wie Honigwein, Süßigkeiten, Salben und was der Bienenkönigin sonst noch so einfiel. Bei ihren Geschäften brauchte niemand Geld, denn davon hatten sie beide nur sehr wenig. Sie tauschten einfach ihre Produkte aus, denn beide brauchten von dem, was der andere herstellte nur wenig. Angels Mummy hatte ein Geheimnis das besser niemand in der Umgebung je herausfinden sollte und dafür brauchte sie immer eine beträchtliche Menge von dem Honig und den daraus hergestellten Produkten der Bienenkönigin !

Der Nachhauseweg war, zwar der Gleiche, doch der Hinweg war immer netter, da sie beide dann immer die Vorfreude in sich hatten. Entspannt und gut gelaunt wanderten sie zurück über die herrlichen Wiesen, Felder und Wälder bis sie schließlich kurz vor dem Dunkelwerden zu Hause erschöpft ankamen.

In den nächsten paar Tagen blieben Angel und ihre Mami zu Hause. Das war nicht weniger anstrengend als ihre Sammeltätigkeiten oder ein Besuch bei der Bienenkönigin.

Nun hieß es zu zupfen, schneiden, kochen rühren, auslegen, einsammeln, anpacken abfüllen und am letzten Tag den Leiterwagen, für den Wochenmarkt fertig machen.

Am Markt hatten sie ihren Stand, wie schon seit Jahren. Alle kannten sich seither und nur selten kamen fremde in die Gegend, um auch den Markt zu besuchen.

Doch in letzter Zeit kamen durch die neuen Herrscher regelmäßig fremde und verschwanden auch wieder ohne, dass man wirklich wusste woher sie kamen und was sie hier wollten. Man versuchte sich von diesen Fremden fern zu halten besonders, seit diese neue seltsame Krankheit hier Einzug gehalten hatte.

Die junge Mutter verkaufte auch diesmal Kräuter, Pflanzen, Säfte und vieles mehr. Doch diesmal hat sie für besondere Kunden in der untersten Kiste noch zusätzlich ihre neue Medizin, wie sie es nannte. Wenn jemand, den sie sehr gut kannten und jemanden mit dieser neuen, seltsamen

Krankheit zu Hause hatte, dann würde die junge Mutter es, als quasi letzten Versuch anbieten, wenn schon die anerkannten Mediziner mit ihrem Latein am Ende waren. Schließlich hieß es doch, es sei gegen jede Krankheit ein Kraut gewachsen, also warum nicht auch gegen diese Krankheit ! Laut Großmutters Rezept müsste es funktionieren. Wo die seltsame alte Frau das her hatte, wusste sie nicht, aber sie wusste, dass es bisher immer gestimmt hatte, was die Rezepte versprachen.

Es dauerte nicht lange bis jemand an ihren Stand trat, der so eine Medizin wirklich gut gebrauchen konnte. Nach dem der Kunde sich etwas am Stand umgesehen hatte fing er auch schon zu klagen an wie schlimm diese neue Seuche seinen Angehörigen heimgesucht hatte. Die Verkäuferin blickte sich rasch um, aber es herrschte im Moment sehr reges Treiben an allen Nachbarständen und so würde es niemanden auffallen, wenn sie ihrem Kunden rasch einer ihrer Fläschchen, mit der neuen Medizin heimlich zustecken würde. So bückte sie sich rasch und angelte sich eines der Fläschchen und steckte es rasch zum Einkauf des Kunden, den sie ihm über den Wagen reichte. Unauffällig erklärte sie dem Kunden was sie ihm zugesteckt hatte und wie sie es dem Patienten verabreichen sollte. Sie könne nichts versprechen, es wären nur Kräuter, Blätter, Wurzeln in Wasser und Honig, aber es könnte vielleicht wirken. Am nächsten Markttag solle sie die Veränderung dann erzählen. Die Kundin war wirklich, sehr verzweifelt und es schien bald mit dem Patienten zu Ende zu gehen. Daher beschloss die Kundin es wirklich zu versuchen, denn es könne wohl kaum noch schlimmer werden !

Nach dem die erste Kundin mit ihrem Fläschchen weg war kamen noch zwei Kundinnen an ihren Stand denen sie vertrauen konnte und in der gleichen Lage der anderen Kundin waren. Auch diese beiden bekamen solche Fläschchen und wollten am nächsten Markttag vorbeikommen, um Bescheid zu sagen.

Es dauerte nicht lange und sie hatten alle ihre dargebotenen Waren verkauft. Zufrieden wanderten Mutter und Tochter mit ihrem Wagen und ihrem gut gefüllten Geldbeutel nach Hause. Die Geschäfte waren heute ausgesprochen gut und so hatten sie genug für einen Monat eingenommen. Das war auch wichtig, denn sie brauchten schließlich ein Polster, falls es einmal nicht so gut lief.

Am nächsten Tag bekamen sie Besuch. Ihre neue Medizin hatte sich offenbar schon herumgesprochen. Es gab einige die es versuchen wollten !

Das war sehr erfreulich ! Blieb nur zu hoffen, dass es bei den bemitleidenswerten Patienten auch wirklich helfen würde !

Bis zum nächsten Wochenmarkt sollte man schon eine Besserung bei den Erkrankten erkennen können.

Angie und Mami machten sich wieder ans Werk, um sich für den nächsten Wochenmarkt vorzubereiten. Es wurde wieder gekocht, gerührt und abgefüllt. Sie gingen in den Wald und auf Wiesen, um Beeren und Kräuter zu sammeln. Sie fanden auch schöne Blumen, Blätter und Zweige, um daraus hübsche Gestecke zu zaubern. Auch die Kleine war wie üblich begeistert bei der Sache und quietschte vor Freude, wenn sie etwas Hübsches für ihre Gestecke fand. Dann sang sie wieder ihre Lieblingslieder, lief Schmetterlingen hinterher, half da und dort Beeren zu pflücken und sie bastelte aus dem was sie so fand kleine Tiere oder Püppchen und plapperte mit ihnen in kleinen Rollenspielen. Sie jammerte nie war immer fröhlich und hilfsbereit und einfach das liebste Kind der Welt !

Zum nächsten Wochenmarkt wurden sie bei ihrer Ankunft schon sehnsüchtig und freudestrahlend erwartet. Mami hatte kaum Zeit, um ihren Wagen zum Verkaufsstand vorzubereiten. Es plapperten alle aufgeregt durcheinander. Endlich wurde klar, dass alle Erkrankten, die diese neue Medizin zu sich genommen hatten, deutliche Besserung zeigten. Das Fieber war weg und die anderen Symptome deutlich gebessert. Die Patienten waren offensichtlich auch wieder klar im Kopf und konnten wieder halbwegs aufrecht gehen!

Was für ein Erfolg !

Langsam legte sich die allgemeine Aufregung etwas und man kam wieder zum Geschäftlichen. Für jeden Patienten gab es noch einmal ein Fläschchen und alle hofften nun, dass die Patienten bis zum nächsten Wochenmarkt wieder ganz gesund sein würden !

Und so geschah es, dass in den nächsten Wochen immer mehr Menschen wieder ganz gesund wurden !

Alle freuten sich riesig ! Angel und Mami wurden immer bekannter und beliebter und wurden mit Geschenken der Dankbarkeit nur so überhäuft !

2. Die Seuche besiegt

Doch diese Freude währte nicht lange, denn die unglaublichen Heilungserfolge, obwohl es kein anerkannter Mediziner bis dahin geschafft hatte, auch nur einen Patienten zu heilen, drangen schließlich auch bis zu den neuen Herrschern

durch !

Da auch sie bekanntlich Krankheitsfälle hatten, schlug diese Nachricht wie eine Bombe bei ihnen ein und gerieten in helle Aufregung. Daraufhin sendeten sie, zum nächsten Wochenmarkt, einen Boten aus, um diese neue Medizin besorgen zu lassen, aber auch herauszufinden wer und was, da genau dahintersteckte.

So kam es, dass einer der Mediziner am nächsten Wochenmarkt am Stand der jungen Frau auftauchte, sich alles auffallend genau ansah und dann nach einem Fläschchen Medizin fragte. Die junge Frau kannte den Mann nicht und fragte sich wer er wohl war. Irgendetwas hielt sie jedoch davon ab ihn zu fragen, aber etwas hatte sie stutzig gemacht. Ein kalter Schauer lief ihr über den Rücken, als sie ihm das Fläschchen reichte ! Sie hatte eine Gabe intuitiv Dinge einzuordnen und das da gefiel ihr ganz und gar nicht. Am liebsten hätte sie ihm die Flasche wieder entrissen, so schlimm war es ! Doch sie riss sich zusammen, denn ein negatives Aufsehen hier konnte sie noch weniger gebrauchen. Ein nächster Kunde war auch schon da und so sah sie auch nicht, wohin dieser seltsame Mann verschwunden war. Die Begegnung mit diesem unbekannten Mann ließ sie bis zum nächsten Wochenmarkt, einfach nicht mehr los. Ganz egal wie sehr sie sich auch anstrengte, sich mit ihrer lieben Angel und ihrer Arbeit abzulenken. Er blieb immer in ihren Gedanken da und viel schlimmer noch, auch dieses Gefühl, das sie beschlich als sie ihm das Fläschchen reichte ! Genau dieses Gefühl machte ihr mittlerweile wirklich ernsthaft Sorgen !

Der nächste Wochenmarkt war rascher da als ihr lieb war und ohne, dass sie dieses schreckliche Gefühl je mehr verlassen hatte. Kaum hatte sie ihren Stand fertig aufgebaut, da stand auch schon wieder dieser fremde unheimliche Kunde vor ihr und durchbohrte sie förmlich mit seinen eisblauen Augen. Eisig kalte Schauer rannen der jungen Mutter über den Rücken und sie wollte am liebsten nur noch weg von hier, doch das ging nun einmal leider nicht. Der Fremde beäugte eingehend auch jedes einzelne Stück an ihrem Stand. Normaler Weise fragte sie jeden Kunden sofort, womit sie ihm helfen könne, doch jetzt brachte sie keine Silbe heraus. Ihr Hals war wie zugeschnürt, ihre Hände zitterten leicht, waren eiskalt und feucht. Sie brauchte ihn auch nicht zu fragen was er braucht, denn sie wusste bereits ! Da war der Kunde auch schon wieder vor ihr und fragte auch schon

danach !

Er wollte noch einmal so ein Fläschchen ! Umständlich kramte sie es aus der untersten Kiste und reichte es ihm. Er hatte das Geld schon aus seinem Beutel geholt und reichte es ihr über den Stand. Dann durchbohrte er sie wieder mit seinem Blick und fragte sie ob sie gar nicht wissen wolle, ob der Inhalt des Fläschchens geholfen hatte. Nein sie musste ihn gar nicht erst fragen, denn sie wusste es ja schon. Angels Mami stand immer noch wie versteinert da und brachte kein Wort heraus. Der Kunde verlor seine Geduld und herrschte sie an. „Was ist mit ihnen ? Haben sie ihre Sprache verloren? Ich habe sie etwas gefragt !" wie ein Blitz durchzuckte es die junge Frau und schrie zurück „ warum sollte ich sie fragen, wenn es nicht geholfen hätte würden sie wohl kaum ein neues Fläschchen kaufen wollen !" Der fremde starrte sie an und verschwand blitzartig in der Menge.

Plötzlich ging alles Schlag auf Schlag.

Noch geschockt und sprachlos starrte die junge Marktfrau auf den Fleck, wohin der Fremde verschwunden war, als auf einmal die Bienenkönigin vor ihr stand und sie wieder aus ihrer Lähmung befreite. Die Bienenkönigin meinte „sag nichts, ich habe alles mitbekommen, keine Sorge ich kümmere mich um Angel was auch immer kommen mag !" Die mütterliche Bienenkönigin war wie ein Familienmitglied für sie beide. Sie warf der jungen Mutter noch einen besorgten Blick zu und wandte sich dann der kleinen Angel zu. Gerade noch rechtzeitig, bevor der fremde Kunde sich wieder vor dem Stand der jungen Mutter aufbaute. Sie konnte noch gar nicht verarbeiten, was ihr die Bienenkönigin gerade gesagt hatte und schon ging es weiter ! Der Fremde wollte nun plötzlich das Rezept der Medizin ! Nein das konnte sie ihm und auch niemand Andern geben ! Ihre Großmutter hatte ihr eingehend eingeschärft niemanden, außer einmal ihrer eigenen Tochter, die sie bekommen würde, je etwas über ihr Buch etwas zu sagen und auch nicht über irgendein Wort aus dem Buch zu erzählen. Auch ihrer eigenen Tochter dürfte sie erst, nachdem auch diese selbst Mutter geworden war, etwas über die Existenz des Buches erzählen. Falls sie dies nicht mehr können würde, dann würde ihre Tochter es auch anders erfahre ! All das ging der jungen Mutter jetzt durch den Kopf und daher brachte sie keinen Ton zur Antwort heraus. Der Kunde durchbohrte sie immer noch mit seinem eisigen Blick ! Er drehte sich schließlich um und sagte nach hinten „sie antwortet nicht." Der fremde Kunde wurde von dem Mann, mit dem er gesprochen hatte, unsanft auf die Seite gestoßen und baute sich selbst vor der sichtlich verstörten Marktfrau auf. Der Mann, der nun vor der Marktfrau stand, war ihr nur zu gut bekannt ! Er war der gefürchtete Machthaber ! Nun schrie er Angels Mutter an „sie wissen sicher wer ich bin, also her mit dem Rezept !" Angels Mami riss sich zusammen und zwang sich zur Ruhe und dazu Stärke zu zeigen. Also antwortete sie ebenfalls sehr laut und bestimmt „es gibt kein Rezept !" der Machthaber lief rot an, schien fast zu explodieren und schrie „letzte Chance, wie haben sie diese Medizin hergestellt !" Die Marktfrau hatte sich im Moment gefasst und antwortet ganz ruhig, wie gelernt, „Intuition".

Daraufhin starrte sie der gefürchtete Herrscher eine gefühlte Ewigkeit fassungslos an. Wie kann es sein, dass eine Marktfrau wie diese hier, sich für so clever hielt um ihn einfach so als einen Niemand dastehen zu lassen ! Was will sie ihm damit sagen? Das ist doch dieselbe Taktik, wie die der anderen Frauen, die ebenfalls einen mächtigen Trank gebraut hatten ! Auch sie antworteten auf die Gleiche Frage mit „Intuition"! Was sind das nur für

Weiber, die einen Mann und noch dazu so einen mächtigen wie ihn, einfach so respektlos abblitzen lassen zu wollen! Langsam hatten sich die Marktbesucher und darunter viele von den Geheilten, die diese unschöne Szene mitbekommen haben, im sicheren Abstand um den Stand der jungen Marktfrau versammelt.

Plötzlich kam wieder Leben in den Herrscher. Er wurde kreidebleich seine Lippen zitterten und er begann mit den Armen wild um sich zu rudern als er sich an seine Begleiter hinter ihm wandte. Laut herrschte er auch sie an „nehmt diese Hexe mit und verbrennt sie!"

Die Begleiter zuckten zusammen. Es war plötzlich mausestill auf dem Marktplatz. Man hätte eine Stecknadel fallen hören können. Die umstehenden Kunden und die anderen Marktläute waren wie versteinert. Alle standen mit offenem Mund und weit aufgerissenen Augen da und konnten es nicht fassen! Der Herrscher war immer noch weiß vor Wut und wurde langsam immer röter im Gesicht. Wieder schrie er seine Begleiter an „was habe ich gesagt? Führt sie ab! Die Begleiter stürzten sich auf die zurückweichende Marktfrau. Diese stammelt „aber ich habe doch nichts getan, die Medizin hat doch geholfen !" Sie bekam keine Antwort mehr wurde ergriffen und fortgezerrt. Sie hörte Angel verzweifelt schreien „Mami, Mami meine Mami

… !" sie sah, wie sie versuchte ihr nachzulaufen doch Gott sei Dank war die Bienenkönigin bei ihr und hielt sie sicher fest !

Auch in die umherstehende Menschenmenge schrie entsetzt auf und gaben sich alle Mühe zu verhindern, dass sie ihre Heilerin abführten. Sie versuchten den Herrscher zu besänftigen und umzustimmen, doch ohne Erfolg. Der Herrscher war wie von Sinnen und ließ die Heilerin auf den Hauptplatz führen und ordnete an einen riesigen Haufen Holz augenblicklich

aufzuhäufen ! Die Marktfrau wurde auf den Scheiterhaufen gezerrt und aufs wildeste als Hexe beschimpft. Die Bevölkerung versuchte vergebens sie zu retten ! Ihre Retterin musste hilflos verbrennen ! Das Letzte was sie sah war ihre weinende Angel ! Das Einzige, das über ihre Kippen kam, war ein Zuruf an ihre Tochter „es tut nicht

weh ! Ich verspreche es dir wir sehen uns bald wieder !" Danach brach sie zusammen Tränen rannen in waren Sturzfluten über ihr Gesicht, doch es war trotzdem nicht genug, um das Feuer zu löschen. Es kam kein einziger Laut des Schmerzes über ihre Lippen. Sie war doch ein guter Mensch und hatte niemals jemanden etwas Böses getan und war allen Mitmenschen stets positiv gesonnen !

Sie wusste, sie hätte noch lange leben und noch viele Kranke heilen sollen ! Dem lieben Gott musste wohl ein Fehler passiert sein. Weil sie eben so ein guter Mensch war erlöste sie Gott rasch von ihren Qualen !

3.Kapitel Körperlos

Sie trennte sich von ihrem Körper, der immer noch auf dem Holzhaufen brannte und immer mehr um ihren Körper brannte ! Ihr Körper sank immer mehr im glühenden Feuer ein. Rauch verdeckte ihr den Blick auf ihren Körper ! Da waren noch einmal Angel und die Bienenkönigin ! Wie gerne hätte sie Angel zu sich geholt und sie jetzt an sich gedrückt ! Sie gab sich alle Mühe sie zu erreichen und ihr zuzurufen, doch sie schien sie nicht zu hören, obwohl Angel sie minutenlang genau ansah, aber sie trotzdem sichtlich nicht wahrnahmen !

Da wurde sie plötzlich, ohne etwas dagegen tun zu können, nach oben gezogen. Immer weiter und weiter ging es nach oben. sie war plötzlich, ganz leicht und unbeschwert. Das Gefühl nicht mehr in einem schweren Körper zu stecken war einfach unbeschreiblich. Es war so schön und so frei ! Da war auch so viel, ganz helles Licht, dass sie magisch anzog, sie aber überhaupt nicht blendete. Dann war da diese wunderschön klingende Stimme so vertraut so wärmend ! Es war der Vater ! Er war genau der Vater aller, auch wenn es so viele nicht glauben wollten, aber da war er und fragte sie was sie hier schon machte. Der Vater hatte sie noch nicht gerufen und sie wollte auch wieder zurück zu ihrer Angel ! Der Vater konnte sie aber nicht mehr zurück auf die Erde schicken, da es ihren irdischen Körper nicht mehr gab. Ihr alter, irdische Körper war in dem Scheiterhaufen unwiederbringlich zu Staub und Asche verbrannt ! Sie spürte Angel ganz nah, aber sie konnte sie einfach nicht sehen, aber sie war bei ihr ! Dieses Gefühl ihrer Nähe war wunderschön ! So beschloss der Herr, der Vater aller, seine Pläne mit ihr zu ändern. Sie durfte hier bei den Körperlosen bleiben und sollte ihrer Angel weiter von hieraus nahe sein. Angel würde indessen auf der Erde die geplanten Aufgaben ihrer Mutter zu Ende führen. Durch die enge seelische Verbindung der Beiden würde Angel dazu in der Lage sein und auch die mentale Unterstützung ihrer verstorbenen Mutter spüren. Angle würde telepathische Nachrichten von ihrer Mutter von hier oben empfangen, verstehen und umsetzen können.

Von nun an war sie die neue Körperlose und sie hatte ihren Platz unter den anderen Körperlosen. Sie kannte einige von diesen Seelen. Es war angenehm da, doch wie lange soll das hier dauern? Hat das irgend wann ein Ende? War das nun das Ende und es gab kein neues Ende mehr von diesem Ende?

Sie war immer noch ganz verwirrt. Es war wie in einem seltsamen Traum. Sie kannte den Platz, wo sie da war seit einer Ewigkeit. Sie war da zu Hause. Das wusste sie ganz genau !

Irgendwann erfuhr sie, dass Angel sicher noch knapp einhundert Jahre ihre Aufgaben auf Erden zu erledigen hatte. Einhundert Jahre erschien ihr eine unaushaltbar lange Zeit zu sein und was soll danach werden. Die fast einhundert Jahre sollten ihr nur kurz für sie erscheinen, denn die irdische Zeitrechnung gilt bei den Körperlosen nicht. Da war es zeitlos und einhundert Jahre auf der Erde erschien bei den Seelen fast wie nur ein Augenblick !

Alle Seelen blieben hier mindestens so lange bis sie da unten auf der Erde niemand mehr vermisste und auch niemand mehr persönlich kannte. Durch die Gedanken und Erinnerungen würden die Körperlosen Seelen von einer Wiederkehr auf die Erde also abgehalten und durften so lange in diesem herrlichen Zustand bleiben !

Wo die Seelen da waren, konnte man sich, mit irdischem Verständnis nicht vorstellen. Sie waren doch auf Erden, aber doch auch ganz wo anders. Es war ein schwebender Zustand und man bekam alles auf Erden mit, doch die Körperlichen konnten sie mit ihren fünf Sinnen nicht wahrnehmen. Nur wenige, die auf der Erde lebenden hatten einen sechsten Sinn, mit dem konnten sie in ganz besonderen Situationen auch die Körperlosen Seelen wahrnehmen ! Manche konnten, wenn auch eingeschränkt, in solchen Situationen richtig kommuniziert. Solche Menschen waren sehr sensibel und hatten es im Leben nicht leicht. Sie wurden von den anderen, aus Angst vor ihnen, abgestempelt und diskriminiert, obwohl sie in der Regel besonders hilfsbereit und gutherzig waren.

Die körperlosen Seelen wirkten alle sehr beschäftigt, aber dabei sehr ruhig und entspannt. Sie beschützen ihre Liebsten auf Erden, retteten sie wenn sie in Gefahr waren, übertrugen Nachrichten, heilten sie bei Krankheit, zeigten ihnen Dinge, andere Menschen und Plätze, die sie für die Lösungen ihrer irdischen Aufgaben brauchten. Das alles taten sie im Auftrag des Vaters und nur er konnte die Menschen von der Erde heimholen. Warum der Vater jedoch sie heim geholt hatte war ihr ein Rätsel, denn der Vater war sichtlich erstaunt sie schon zurück zu sehen. Machte der Vater aller auch Fehler? Nein, das konnte einfach nicht sein ! Vielleicht hat er sich nur nicht mehr an den Plan, den er mit ihr hatte, erinnern können ?

So kam es, dass sie ihrer Angel ihr damaliges geheimes dickes Buch mit all den Rezepten ihrer Hexe Großmutter zeigen durfte, kurz nach dem auch sie eine Tochter geboren hatte. Gerade rechtzeitig als Angel alles über den Kopf zu wachsen schien. Auch sie selbst erfuhr erst im letzten Augenblick, bevor ihr alles komplett zu viel wurde von diesem Rezeptbuch. Auch Angels Tochter würde von der Existenz dieses Buches, einmal in einer ähnlichen Situation erfahren. Das schrieb die Macht des Guten so vor. Es kam ihr wirklich nicht viel länger als wie ein Augenblick vor, als die Bienenkönigin und einen Moment später auch ihre Angel vom Vater nach Hause geholt wurden !

Damit kam sie gemeinsam mit den beiden in eine neue Ebene der Körperlosen, denn keiner von ihnen hatte noch jemand da unten auf Erden, der sie genug vermissen konnte, um von ihnen beschützt zu werden. Angels Tochter war noch ein Säugling und hatte eine ganz andere seelische Bindung, die nichts mit leiblicher Bindung zu tun hatte. Vom Vater hatte Angel als Hauptaufgabe, ihres irdischen Daseins, dieses Kind zur Welt zu bringen.

Nun waren sie alle wieder zusammen und auf der höchsten Stufe der körperlosen Seelen angelangt. Da war es genauso, wie man sich auf Erden das Paradies vorstellte. Vermutlich blieb einem die Erinnerung daran auch im nächsten Leben, weil es einfach unbeschreiblich schön war. Es war einem nicht heiß und nicht kalt und es gab keine Zeit. Die

Seele war leicht und unbeschwert und doch war man immer noch Teil des Ganzen, zu dem auch die Erde und das irdische Dasein gehörten ! Man war nicht oben und auch nicht unten. Man war einfach da ! Es war hell und angenehm und man hatte keine Sorgen oder Problem und auch keine Aufgaben ! Man war da in Seelengruppen, die alle irgendwie zusammengehörten. So war auch sie mit der Bienenkönigin und ihrer Angel gemeinsam in einer Gruppe. Sie drei waren eine eigene Gruppe, in einer größeren Gruppe, die wieder in eine nächst größere gehörte.

Es herrschte eine gefühlte, wunderschöne Ewigkeit einfach nur klingende Ruhe und nur überwältigend angenehmes Nichts. Man spürte nur die angenehme Anwesenheit der Seelen seiner Einheit. Man wollte damit nie mehr aufhören !

Mit der Zeit schickte der Vater immer mehr Seelen auf die Erde, um die Erde zu verändern. Dafür lieferten die Körperlosen die nötigen Inspirationen für die, die auf der Erde lebenden, reinkarnierten Seelen. Damit konnten sie auf der Erde immer mehr Erfindungen machen. Die körperlosen, die auch bald wieder auf die Erde geschickt werden sollten, trugen auch immer mehr dazu bei, die Erdlinge in ihrer Funktion zu unterstützen. Vor allem Übertragung unterstützten sie, indem sie als Leiter fungierten.

Auch sie selbst, ihre frühere Tochter Angie und die ehemalige Bienenkönigin wurden nach der gefühlten, wunderschönen Ewigkeit wieder auf eine andere Stufe geholt, damit auch sie die Menschen mit ihren Erfindungen unterstützten. Bald sollte auch wieder etwas ganz Neues angefangen werden und sie hatten somit die schwere Aufgabe den Erdlingen diese neuen Inspirationen zu suggerieren.

Doch kaum wurden die Drei mit dieser Aufgabe betraut, hatte sich der Vater aller es sich plötzlich doch anders überlegt.

Sie drei sollten doch rascher wiedergeboren werden !

Als erste verließ die Bienenkönigin die Körperlosen. Ganz unvermutet war sie einfach weg ! Der Vater wollte, dass sie drei sich auf der Erde wieder begegneten.

Vor allem Angie und ihre Mutter aus dem vorigen Leben, sollten wieder so zusammenfinden, wie vorher. Schließlich konnten die Beiden durch die unvorhergesehene Verbrennung von Angels Mutter, ihre Aufgaben in ihrem vorherigen Leben nicht, wie geplant, ausführen. Das Böse hatte die beiden guten Seelen aufgespürt und die Pläne des Vaters im Himmel zunichte gemacht !

Folglich mussten Angel und ihre Mami ihre Aufgabe im nächsten Leben wiederholen, obwohl jedes neue Leben immer eine neue Aufgabe, mit vielen kleinen Zielen, als Sinn des Lebens hatte !

Durch den unvorhergesehenen Zwischenfall, mit der Verbrennung, ging es nicht anders. Sie mussten beide zwei Leben, in einem Dasein durcheben ! Wie sollte denn das möglich sein?

Der Vater meinte dazu nur „ihr werdet es schon sehen."

So wie sich das anhörte, werden sie und Angel wohl wieder, wie zuvor Mutter und Tochter sein.

4.Kapitel Wieder zurück

Einen himmlischen Augenblick später war Angie auch schon wieder in einem neuen Leben auf

Erden ! Aber so war das doch nicht geplant ! Die neuerliche unvermittelte Trennung der beiden war schon schlimm genug und noch dazu anscheinend wieder mit einer Planänderung ! Nun musste die letzte Seele der drei noch so lange bei den Körperlosen bleiben, bis die Seele Angie alt genug sein würde um Mutter werden zu können. Auch wenn dies zu himmlischen Gegebenheiten nicht lange sein würde, war es immer noch zu lange für die alleine zurück gebliebene Seele ! Hoffentlich kam es nicht neuerlich zu Planänderungen vom heiligen Vater ! Auch wenn er immer alles so plante, dass immer alles gut werden würde, durchkreuzte das Böse doch immer wieder seine guten Pläne ! Daher musste der Vater dann immer wieder seine Pläne adaptieren, damit dann doch wieder alles, für alle guten Seelen, am Ende gut ausgehen konnte !

Angel auf der Erde wurde getauft und hatte seither einen neuen irdischen Namen erhalten. Ihre Mutter aus ihrem alten irdischen Leben kannte ihn noch nicht, aber das war auch nicht nötig, denn sie fühlten und riefen sich nur mental über Telepathie. So wussten sie immer gegenseitig über alles Notwendige Bescheid, auch ohne Namen und auch ohne Zeit.

Die Körperlichen auf Erden kannten das genauso ! Es war das gute alte Bauchgefühl, dass nicht alle wahrhaben wollten !

Seit der Wiedergeburt von Angel waren auf der Erde bereits siebzehn Jahre vergangen und schon mehrfach war ihre Mutter aus ihrem vorherigen Leben zu ihr auf dem Weg zur Erde aber wurde doch immer wieder vom Vater zurückgerufen ! Irgend etwas auf der Erde verhinderte, dass sie bleiben konnte !

Und da war sie - Vaters Planänderung !

Der Vater brauchte dringend eine Seele wie mich ! Meine Aufgaben und Ziele für meinen neuen Lebenssinn passten perfekt ! Meine alte Aufgabe und meine alten Ziele, aus meinem alten Leben; waren genau die Notwendigkeiten, die diese Seele erfüllen musste ! Auch meine neue Aufgabe und meine neuen Ziele würde ich mit der Wiedergeburt durch diese Frau erfüllen können. Auch die mir so sehr nahestehenden Seelen, von der guten alten Bienenfrau und natürlich von Angel waren da und alle konnten ihre Aufgaben und Ziele erreichen. Aber ich sollte doch zu meiner innig verbundenen Angel ! Warum funktionierte das denn nicht? Sie war doch schon mehrfach fast ganz da gewesen !

Diese Frau auf Erden musste ihre Aufgabe erledigen und konnte das nur durch meine Seele erreichen ! Es passte sonst keine Seele dort in der Vorbereitungsphase !

Plötzlich wurde ich von einem Sog erfasst ! Es drehte mich wie wild und ich sauste mit Hochgeschwindigkeit der Erde zu ! Statt einem Aufschlag gab es ein Gefühl einer feurigen aber keinesfalls heißen oder lauten Explosion ! Alles war still, nur ein rhythmisches, aber leises Rauschen war da. Es war warm und dunkel. Ich hatte keine Ahnung was das plötzlich war. Ich fühlte mich nur gefangen. Ich schwebte und schaukelte irgend wo ! Nichts war mehr wie gerade noch zuvor ! Nach einer Weile war alles zur Ruhe gekommen. Nur noch warme Enge, Finsternis und das leise rhythmische Rauschen, war noch da. Doch bevor ich es mich versah war ich wieder zurück auf der Startrampe. Diesmal war ich jedoch auf der anderen Seite der Rampe. Ich war nicht allein auf dieser Seite. Es herrschte ein umtriebiges Kommen und Gehen. Was war da nur los? Ich erfuhr schließlich, dass wir auf dieser Seite nicht mehr zu den Körperlosen gehörten. Alle da warteten schon auf ihre bald bevorstehende Geburt und durften bis dahin noch hierbleiben. Nur zu wichtigen Entwicklungsphasen ihrer bereits zugewiesenen Körper mussten sie sich im Körper einfinden und bleiben bis die Phase abgeschlossen war. Ich hatte also schon einen neuen Körper ! Den musste ich wohl erhalten haben, als ich dieses letzte seltsame Erlebnis hatte !

In der folgenden Zeit absolvierte ich mehrere körperliche Perioden. Das war immer anstrengend und wurde immer intensiver. Ich konnte es eigentlich gar nicht leiden. Die Aussicht jedoch bald wieder mit meinen allerliebsten Seelen beisammen sein zu können tröstete mich aber doch genug um jedes Mal wieder neu motiviert an meine Aufgaben heran zu gehen. Das bedeutete, dass es nicht nur immer anstrengender in meinem neuen Körper wurde sondern, dass auch meine Motivation immer nur noch stärker wurde. Die Motivation wurde mit der Zeit so unglaublich stark, dass sie schließlich von meinem neuen Lebenswillen ersetzt wurde und der am Ende sogar zum unbedingten Überlebenswillen wurde ! Dann kam eine Zeit, wo die Phasen in meinem Körper angenehmer wurden, vermutlich weil ich mich mit der Zeit an meinen Köper zu gewöhnen anfing. Die Phasen auf der Startrampe wurden immer kürzer und ich erhielt dort nun jede Menge Informationen für die Ziele und meine neue Aufgabe für mein kommendes, zwei in einem, Leben. Im Körper lernte ich mich zu bewegen. Ich hatte Kopf, Arme und Beine. Die mussten regelmäßig gründlich durchbewegt werden, damit sich alle ordentlich entwickeln konnten und das begann richtig Spaß zu machen! Ich konnte mich in alle Richtungen bewegen und drehen und glitt im Wasser dahin. Mit der Zeit wurde ich immer besser und temperamentvolle in meinen Bewegungen. Ich wurde so toll, dass ich eines Tages plötzlich an Grenzen zu stoßen schien. Immer öfter stieß ich an Grenzen ! Ich begann mich etwas weniger ausgelassen zu verhalten. Damit spürte ich auch die Grenzen nicht mehr. In der nächsten Phase auf der Startrampe erfuhr ich, dass meine nächste körperliche Phase sehr anstrengend und auch sehr prägend sein würde. Dabei würde sich alles für mein kommendes Leben, so richtig in mein Wesen einprägen. Dazu würde mich der Vater, zu einem ganz bestimmten Zeitpunkt erst wieder in meinen neuen Körper schicken. Bis dahin erhielt ich noch Erinnerungen von der körperlosen Zeit hier eingeprägt an die ich mich jeweils, zu einer ganz bestimmten Zeit, auf Erden erinnern würde. Dies sollte vor allem in Zeiten der Angst und der Gefahr, der Ratlosigkeit und Hoffnungslosigkeit sein. Die Erinnerungen sollten tröstend und richtungsweisend sein aber nie konkret sein. Ich würde auf Erden immer beschützt und geführt werden und dies nur erahnen können, denn dieses Wissen würde nur meine Seele, aber nie mein Körper haben. Meine Seele würde nichts von der körperlosen Zeit vergessen und damit auch nicht die Erfahrungen aus früheren körperlichen Zeiten. So würde ich auch auf Erden meine Seelenverwandten wiedererkennen und auch das Böse in Menschengestalten, aber nicht wissen, sondern nur erfühlen. Nur die Seelen, von der Bienenkönigin und meiner Angel, würde ich eindeutig intensiv seelisch erkennend erfühlen können. Allen körperlichen erginge es so ! Der Unterschied bestand nur darin, dass feinfühlige wie ich es sein würde, mehr erahnen konnten als weniger sensible. Alle hatten vollkommen andere Namen als zuvor und natürlich auch andere Lebenswege zu bestreiten. Für meinen Start in mein neues Leben erfuhr ich auch noch, dass ich als Wunschkind einer mir völlig fremden Seele zur Welt gebracht werden würde ! Ich war schockiert ! Ich bettelte und flehte mich doch noch zu Angie zu schicken ! Es gab doch noch so viele Seelen für diese fremde Frau auf Erden ! Doch es gab kein Zurück und es musste eben so sein, wie es der Vater eben bestimmt hatte ! Und so kam es dann, dass ich schließlich, zu diesem ganz bestimmten Zeitpunkt, losgeschickt wurde, um von dieser fremden Frau geboren zu werden. Es sollte nicht mehr lange dauern, bis es so weit war !

Und da war ich dann auch schon ! Eingepfercht in völliger Dunkelheit war ich und konnte mich nicht mehr bewegen ! Es war wenigstens schön warm und ich schwamm in einem Wasser. Das war sehr angenehm und das Schweben in diesem Wasser erinnerte mich an das schwerelose Gefühl meiner körperlosen Zeit ! Diesmal war hier einfach alles ganz anders als bei meinem letzten Aufenthalt hier drinnen. Nicht nur die unangenehme Enge, sondern auch die Geräusche waren andere. Da war nicht nur dieses rhythmische Rauschen. Ich konnte viele unterschiedliche Geräusche wahrnehmen. Das alles ging noch, aber zeitweise wurde ich ganz ordentlich und unangenehm zusammengedrückt. Dieser Druck wurde immer unangenehmer und immer häufiger ! Vor allem mein Kopf stieß immer öfter an etwas Hartes. Ich versuchte mich zu wehren. Ich drückte mit aller Kraft in alle Richtungen, um mir Platz zu verschaffen. Manchmal gelang es mir auch, eine angenehmere Position auf die Weise zu erreichen. Dann hatte ich eine Weile Ruhe, die ich auch nötig hatte ! Dieses Platzschaffen war furchtbar anstrengend ! So wechselten sich die Zeiten mit Platzkämpfen und Ruhephasen, in einer gewissen Regelmäßigkeit, einige Male ab.

Es wurde ernst !

Ich wurde wieder zusammengedrückt und ich wehrte mich wie üblich in der letzten Zeit, aber diesmal halfen es mir nicht mehr ! Mein Kopf schlug wieder an das Harte und der Druck war so stark wie noch nie ! Ich dachte schon zudrückt zu werden, als der Druck doch wieder nachließ. Ich hörte hektische Stimmen ! Irgend etwas sagte mir, dass das noch nicht alles war ! Ich wurde hin und her geschüttelt dann wieder Ruhe, doch nicht lange und der große Druck, der mich zu erdrücken schien, war wieder da ! Es war schrecklich !

Wie lange sollte ich das nun so ausstehen? Ich hatte kaum noch Kraft und wollte nur noch zurück zu den Körperlosen ! Ich versuchte alles, um von da los zu kommen, aber das Fenster, durch das ich immer dort hin verschwinden konnte, war nun fest verschlossen ! Es gab wirklich kein Zurück mehr ! Eine schreckliche Erkenntnis für mich ! Die Abstände der Ruhephasen wurden zu den Phasen, in denen ich immer stärkeren Druck ausgesetzt war und wurden immer kürzer und schließlich schmerzhaft! Die Schmerzen wurden immer stärker!

Vater, hol mich bitte da raus, ich halte das hier nicht mehr aus !

Wieder wurde ich aufs schlimmste gequetscht und fast zerquetscht und meine Nase wurde fast gebrochen als plötzlich der Druck von mir genommen war und ich wieder in helles Licht getaucht wurde !

Vater unser, hatte mich erhört ! Ich war zurück in seinem Licht !

5. Neues Leben

Doch irgendetwas stimmte nicht ! Da war nur dieses Licht, aber da waren immer noch diese Stimmen ! Es war mir plötzlich sehr kalt und ich wurde herum geschubst. Es war fürchterlich und dann begann ich auch noch zu schreien ! Ich hörte zu ersten Mal in meinem neuen Leben meine eigene Stimme ! Also ich war wohl doch nicht zurück bei den Körperlosen. Wo war ich nur gelandet. Ich versuchte auszumachen, wo ich war. Ich riss die Augen so weit ich nur konnte auf, um zu sehen wer da war und was um mich herum geschah. Doch so sehr ich mich auch anstrengte, ich konnte, außer diesem hellen Licht, nichts erkennen. Dann wurde es warm und ich war wieder im wohlig warmen Wasser. Das war so angenehm und beruhigte mich schlagartig. Doch bitte, bitte hoffentlich ging es nicht wieder zurück in diese stockfinstere

Schraubstockhöhle ! Nein, es ging nicht wieder zurück. Es ging weiter, aber auch nicht unbedingt angenehm ! Wieder raus aus dem warmen Wasser. Es wurde an mir überall herum gezupft, gezogen und sogar immer wieder gestochen ! Ich wurde wieder eingezwängt, aber anders als zuvor. Dann wurde mir auch noch was in den Mund

geschoben ! Es war ekelhaft und ich bekam keine Luft, die ich jetzt ja wieder zum Atmen brauchte ! Ich versuchte mich zu wehren, aber ich war zu schwach und wurde immer müder und meine Kräfte schwanden. Auch wieder eine neue Erfahrung ! Es dauerte nicht lange und ich fiel in meinen ersten tiefen Schlaf. Diesen tiefen Schlaf durfte ich für einen kurzen Besuch bei den Körperlosen nutzen, um mich langsam dort entwöhnen zu können und um ordentlich neue Kraft für mein neues irdisches Dasein zu tanken. Ich wurde mit reichlich Durchhaltevermögen, Mut und Lebenswillen ausgestattet. Dazu konnte ich mich in meinem neuen irdischen Dasein selbst aus einer Zuschauerposition ansehen.

Eine wirklich sehr spannende Sache !

Da lag ich eingewickelt in meinem Wickelpolster. So winzig klein und konnte nichts anderes tun als dazuliegen atmen und hören und konnte nicht einmal sehen ! Ich werde wieder essen und trinken müssen ! Es war als Körperlose Seele alles viel einfacher, aber das war nun einmal für eine ganze Weile vorbei. Wenn es schon sein musste, wieder einen Körper zu haben der einem so manches wieder abverlangen würde, dann hätte ich doch gerne wieder ein ordentliches Essen und vieles mehr !

Und damit war es mit meinem ersten tiefen Schlaf auf Erden erst einmal schon vorbei! Ein fürchterlicher Hunger hatte mich aus meiner himmlischen Tour gerissen ! Doch wie sollte ich zu etwas essbaren kommen? Ich regte und streckte mich, um aus meinem Wickelpolster frei zu kommen, aber ohne jeglichen Erfolg. Ich konnte mich nicht einmal richtig bewegen, wie ich es noch aus meinen früheren Leben kannte ! Es überkam mich erst große Verzweiflung und dann so richtige Wut ! Erst die Wut brachte mich dazu

loszuschreien ! Meine Wut wurde immer stärker und damit mein Stimmchen immer lauter ! Und dann war ich auch nicht mehr alleine ! Da waren noch viele andere solcher Stimmchen ! Dann wurde mir wirklich was in den Mund gesteckt, aber das war doch kein Essen ! Automatisch sog ich aber dann doch wie wild daran. So sehr ich mich auch anstrengte, es machte mich nicht satt ! Schließlich überkam mich wieder diese verzweifelte Wut und musste wieder aus Leibeskräften schreien ! Ich bekam daraufhin etwas anderes in den Mund gesteckt und auch da sog ich automatisch daran. Siehe da ! Da kam auch was, wenn ich saugte ! Es war nichts zum Essen, aber wenigstens was zum Trinken I Das beruhigte mich schließlich so weit, dass ich von dem vielen anstrengenden schreien sofort wieder erschöpft einschlief.

In nächster Zeit bekam ich immer mehr Routine darin, wenn ich Hunger hatte, mich durch Schreien bemerkbar zu machen und mich durch Saugen wieder zu beruhigen. Das Ganze war aber alles andere als ein Genuss. Es war anstrengend und das was ich da in den Mund gesteckt bekam so überhaupt nicht mein Fall ! Manchmal hatte ich Glück und ich bekam etwas Besseres als Muttermilch ! Langsam konnte ich auch schon etwas mehr ausnehmen als nur hell und dunkel, aber wirklich etwas erkennen konnte ich immer noch nicht. Das helle Licht zog mich immer noch magisch an. Ich versuchte darin immer wieder die körperlose Welt zu erkennen, denn da war es ja auch so herrlich hell ! Aber meine Mühe war erfolglos und es blieb in meinem körperlichen Dasein, nur die Erinnerung daran. Manchmal allerdings durfte ich jedoch immer noch auf Besuch, zur Entwöhnung, zu den körperlosen Seelen. Das war schön und erleichternd und vor allem immer auch sehr aufschlussreich. Dort bekam ich dann auch immer die nötigen Informationen für meinen nächsten Entwicklungsschritt, für mein nun nicht mehr ganz so neues Leben, auf Erden.

Bisher hatte ich auch noch keinerlei richtigen Kontakt zu den Menschen auf Erden, um mich herum, gehabt. Ich merkte, dass da Menschen um mich waren und meinen kleinen Körper mit dem versorgten, was er sichtlich brauchte, doch emotionalen seelischen Kontakt hatte ich bis dahin noch nicht gehabt. Anscheinend waren da auch überall nur mir völlig fremde Seelen !

Ich sollte doch mit zu mindestens zwei, von mir so innig geliebten, Seelen zusammentreffen !

Wo waren die denn nun? Ich wurde vertröstet. Alles würde kommen, aber eben zu seiner Zeit !

Diesmal bekam ich auch einen groben Plan für meinen neuen Lebenslauf.

Ich sollte im ersten Teil meines irdischen Daseins für alle Menschen auf Erden da sein. Unzählige Menschen würden mich lieben und vergöttern, doch die Familienmittglieder der Familie, in die ich nun hinein geboren wurde, würden mich kaum schätzen, ja sogar Großteils ablehnen. Egal wie viel Mühe ich mir geben würde ! Zudem würde ich am Tor zu den körperlosen stehen und dafür sorgen, dass niemand zu früh nach Hause, zu den Körperlosen ging !

Durch einen Zwischenfall sollt sich dann mein Leben schlagartig verändern und mein zweiter Teil meines Lebens beginnen. Somit würde ich, wie ja

nötig, zwei Leben in einem Dasein bestreiten
können !

Was Angels Seele anging, würde sie diesmal erst
für mich da sein und erst in der zweiten Phase
meines Lebens sollte ich dann für sie da sein und
für sie

sorgen !

Wie sollte ich immer für alle da sein und dafür
geliebt werden, aber trotzdem auch abgelehnt
werden? Wie sollte denn das gehen? Nein, dieser
Familie werde ich es schon zeigen ! Mein
Kampfgeist war sichtlich schon jetzt ordentlich
geweckt !

Was soll das auch mit Angel? Wie sollten wir denn
in einem Leben bitte die Rollen tauschen?

Das alles klang sehr mysteriös und zugleich

verwirrend !

Mit diesem Wissen musste ich auch schon wieder
zurück in meinen kleinen Körper.

Wieder einmal erwachte ich da mit unangenehmen
Gefühlen. Ich versuchte selbst Abhilfe zu schaffen.
Ich war nass und schmutzig. Was auch immer ich
versuchte es gelang mir gar nichts. Obwohl ich
Erinnerungen an mein früheres, irdisches Dasein

hatte und wusste was zu tun wäre, doch mein neuer kleiner Körper konnte das alles einfach

nicht ! Diese Erkenntnis machte mich schließlich wütend und damit war auch mein Hunger wieder da. Da wusste ich nun schon, wie man da Abhilfe schafft. Ich fing an laut zu schreien. Siehe da, da war auch gleich wieder wer und hob mich auf. Sogar meine Nässe und Schmutz fielen auf. Die Person zog und zerrte an mir herum und schließlich war ich wieder sauber aber immer noch hungrig. Also weinte ich wieder weiter ! Dann bekam ich wieder Muttermilch. Beim Saugen bekam ich kaum Luft und kaum Milch. Ich arbeitete mit Armen und Beinen, aber das alles halfen mir nichts. Als ich wieder besser Luft bekam schrie ich wieder wie am Spieß. Was sollte das? Ich mochte weder den Geschmack noch den Geruch, ich bekam keine Luft beim Saugen und musste mich höllisch anstrengen, um überhaupt etwas zu bekommen !

Siehe da ! Ich bekam etwas anderes !

Von da an bekam ich nie mehr Muttermilch und das Leben war gleich leichter für mich ! So fristete ich die folgenden Wochen auf Erden, nur mit schlafen, schreien, trinken und wieder schlafen.

Das war sehr langweilig, wenn man doch genau wusste, wie es schon einmal war. Die Wochen erschienen wie Jahre, so quälend langsam verging die Zeit auf Erden, wenn man noch so klein war wie ich.

Jedes Mal, wenn ich gerade mal wieder kurz wach war, versuchte ich etwas Neues auszumachen und selbständiger zu werden.

Nur ganz, ganz langsam machte ich schließlich doch Fortschritte.

6. Wiedersehen

Mittlerweile konnte ich wenigstens meine Umgebung vernünftig sehen. Ich erkannte meine Leute schon deutlich.

Da war erst einmal meine Mutter. Sie war hübsch und sah mit ihren siebenundzwanzig Jahren deutlich jünger aus als sie war. Sie war nicht sehr groß, hatte braunes kurzes Haar und graue Augen, die immer einen zusätzlichen anderen Farbschimmer hatten. Sie war immer irgend wie in meiner Nähe und war sehr launisch und schnell mit allem überfordert.

Da war mein Vater. Er war neunundzwanzig, durchschnittlich groß hatte auch braunes Haar mit einer ordentlichen Glatze und eine deutsche Hackennase. Er war kaum für mich zu sehen. Ich kannte nur seine Stimme schon sehr gut, denn wenn er für mich zu hören war schrie er meistens und dann erschrak ich jedes Mal fürchterlich und musste weinen. Auch meine Mutter weinte dann !

Besser als meinen Vater kannte ich da noch Opa und Oma. Beide sehr liebe ältere Leute und sehr bemüht um mein Wohlergehen. Sie waren die Eltern meiner Mutter. Die erste Begegnung mit Opa war Liebe auf den ersten Blick, denn er war meine erste seelische Berührung auf Erden ! In ihm wohnte die Seele der Bienenkönigin aus meinem früheren Leben ! Auch Opa schien meine Seele erkannt zu haben ! Wie schön und beruhigend das doch für mich war ! Auch Omas Seele kannte ich, aber ich konnte sie nicht zuordnen. Auf jeden Fall war auch sie eine wunderbare gute Seele, aus meinem letzten Leben ! Ich freute mich riesig sie beide zu sehen. Reflektorisch wollte ich beiden um den Hals fallen, aber das ging ja leider nicht. Alles was ich zustande brachte ist zu lächeln und wie wild zu strampeln. Opa und Oma schienen mich auch erkannt und verstanden zu haben. Sie lächelten zurück und herzten mich darauf hin innig. Also musste Angel hier wirklich auch wo sein ! Ich konnte es kaum erwarten ihr wieder zu begegnen !

Es vergingen noch ein paar Wochen, bis es so weit sein sollte. Es waren kaum eine Hand voll Wochen, aber für mich erschienen sie fast wie eine

Ewigkeit ! Doch dann war es wirklich so weit, Angel wieder zu haben ! Sie legten mich eines Tages in ihre Arme ! Unsere Seelen hatten sich wieder. Angel war im Körper einer hübschen blonden blauäugige siebzehnjährige Frau ! Ich schmiegte mich an sie und sie drückte mich ! Die junge Frau schien nicht zu wissen, wen sie da wirklich hielt aber ihre Seele fühlte es sichtlich ! Wir waren in einer Kirche, wo ich schließlich in ihren Armen, auf den Namen „Ulli" getauft wurde. Nun waren wir sogar irdisch wieder verbunden ! Ich war unsagbar glücklich. Nach der ganzen Zeremonie schob mich meine Taufpatin im Kinderwagen. Ich konnte mein Glück nicht fassen und strampelt und fuchtelte vor Freude wie wild mit Armen und Beinen. Schließlich übermannte mich wieder die Müdigkeit. Ich fiel wieder in einen besonders tiefen Schlaf und durfte, während ich schlief, unvermutete den Körperlosen einen Besuch abstatten.

Sehr glücklich war ich diesmal nicht mehr darüber, dass ich von der Erde weggeholt wurde. Wollte ich doch bei Angel, meiner neuen Taufpatin Herta bleiben ! Ich hatte Angst ich könnte sie gleich wieder verlieren.

Wie es sich aber dann herausstellte, sollte ich ohnehin nicht mehr zu den Körperlosen kommen können, solange ich auf Erden leben würde. Es war also mein letzter Besuch dort, für eine lange Zeit auf Erden. Ich hatte mich an mein irdisches Leben gut genug gewöhnt, hatte meinen geplanten Lebenslauf eingeprägt und war, mit einer übernatürlichen Intuition ausgestattet. Diese übernatürliche Intuition sollte mir möglich machen Kontakt mit der körperlosen Welt aufzunehmen, von da auch Nachrichten zu empfangen und die Anwesenheit von körperlosen Seelen bei Bedarf zu fühlen. Auf Erden hatte ich bereits wieder die notwendigen seelischen Kontakte geknüpft. Ich hatte da auch die nötigen Instinkte und einen ausgeprägten Kampfgeist erhalten, um meinen neuen Körper am Leben zu erhalten, bis ich meine Ziele und Aufgaben erledigt haben würde. Es würde also von nun an nicht mehr für mich notwendig sein, zu den Körperlosen zu gehen, solange ich ein irdisches Leben hatte. Im Gegenteil, es würde mich nur verwirren und mein irdisches Dasein deutlich erschweren.

Zurück auf Erden machte ich laufend große Fortschritte und ich wuchs erstaunlich rasch. Ich kannte immer die Menschen um mich herum. Bald konnte ich auch feste Nahrung zu mir nehmen und lernte meine ersten Worte der deutschen Sprache. Als ich gelernt hatte mich selbst robbend fort zu bewegen und mich überall hoch zu ziehen, begann sich mein bisher eher geregeltes und ruhiges Leben zum ersten Mal zu verändern. Bisher war ich der Sonnenschein aller. Ich hatte viel zu lachen und alle um mich herum hegten, pflegten, liebten und verwöhnten mich. Es fehlte mir an nichts. Doch das sollte sich nun ändern.

Ich sollte schon bald ein Geschwister bekommen !

Damit veränderte sich das Verhalten meiner Mutter mir gegenüber sehr. Ihr Interesse an mir schien erheblich nachzulassen. Vorher war ich, wenn ich wach war, frei in der Wohnung unterwegs, saß bei ihr am Schoß und wir waren immer unterwegs.

Nun war ich sehr viel in meinem Gitterbett und musste mich selbst beschäftigen. Nur wenn wir Besuch bekamen oder wo zu Besuch waren, war meine Mutter wieder fast wie vorher.

Vereinzelt kam auch die Familie meines Vaters vorbei. Mein Vater hatte zwei Schwestern, Friedl und Gitti und noch seine Mutter. Die Schwestern machten beide auf mich keinen besonderen Eindruck. Da entstand keinerlei seelische Verbindung, obwohl sie ja nun meine Tanten

waren ! Die Mutter meines Vaters, Marta, war nun auch meine Großmutter, und sie war gleichzeitig meine Großmutter – Hexe- aus meinem letzten Leben ! . Auch sie schien mich wieder erkannt zu haben !

Oh, mein Gott, das konnte ja wieder was werden !

Und wirklich wahr ! Es dauerte nicht lange und schon hatten wir die ersten gemeinsamen Auftritte !

Plötzlich war sie immer öfter bei uns Zu Hause und es kam sogar so weit, dass sie täglich bei uns war ! Es kam, wie es kommen musste, egal wie oder was ich auch tat, sie hatte an allem was auszusetzen und beschwerte sich bei meiner Mutter dann über mich ! Warum musste ich nur Hexe Großmutter auch in diesem Leben begegnen? Oh nein, vermutlich musste ich auch diesen Part meines letzten Lebens wiederholen und ich war erst am Anfang !

Natürlich wusste Oma auch wieder alles besser ! Ich müsste einfach besser erzogen werden. Schließlich war ich nun bald die Große und ohnehin schon fast eineinhalb Jahre alt. Mit dem Alter sollte ich längst selbst essen können, wenn auch noch nicht perfekt. Wie wollte sonst meine Mutter mit noch einem Kind zu Recht kommen. Ans Geld sollte sie auch mehr denken und mir die Windeln abgewöhnen. Meine Mutter hätte längst mit mir mit dem „Topferl-Training" anfangen müssen! Somit wäre ich nun sauber und sie hätte sich die Windeln für ein zweites Kind sparen können…. ! Wenn meine Mutter im Spitalwäre würde sie das alles in die Hand nehmen und mich entsprechend erziehen !

Kurze Zeit später war es so weit !

Ich erwachte am Morgen und meine Mutter war einfach weg und nur Oma war da. Ich dachte meine

Mutter würde mich hören können und würde sofort kommen, wenn sie mich hört, aber sie kam nicht. So begann ich zu weinen.

Meiner Oma schien mein Weinen nichts auszumachen. Sie schnappte mich, hob mich aus meinem Gitterbett, zog mir die Hosen aus und dann zeigte sie mir etwas, das ich noch nie gesehen hatte. Ich war sprachlos und vergaß aufs Weinen. Was war das nur?

Oma erklärte mir, dass ich jetzt eine große Schwester wäre und Mutti keine Zeit mehr hätte sich auch noch um mich mit dem Wickeln zu kümmern. Ich sollte ab jetzt auf diesem Ding sitzen. Dieses Ding heißt „Topferl" und sie hatte schon zwei besorgt. Damit konnte ich dann mit meiner neuen Schwester nebeneinandersitzen. Ich hatte keine Ahnung was Oma damit von mir wollte. Sie wollte, dass ich mich da draufsetzte. Das war erst interessant, aber dann zu langweilig. Ich stand wieder auf und wollte in die Küche, wo ich sonst immer mein Fläschchen in der Früh bekam. Ich hatte Hunger ! Oma hielt mich zurück. Das ging eine Weile so weiter, bis ich wieder weinen musste. Schließlich gab Oma auf. Seufzend zog sie mich komplett aus und begann mich zu waschen. Mein Weinen kümmerte sie anscheinend wieder nicht. Schließlich zog sie mir frisches Gewand an und kämmte mich sogar. Hungrig weinte ich immer noch vor mich hin und hatte mich ihr ergeben, denn was auch immer ich versuchte, es gab kein entrinnen ! Schließlich ging sie doch mit mir in die Küche und ich bekam ein Fläschchen. Es war anscheinend sogar schon fertig ! Oma schnappte sich die Flasche für mich, aber sie fütterte mich nicht ! Sie ging mit mir und der Flasche ins Wohnzimmer und lehnte mich an einem Polster, auf der Couch und drückte mir die Flasche in die Hände. Was sollte denn das? Ich wollte, dass sie mich endlich füttert, doch das tat sie nicht ! Sie hielt meine beiden Hände mit der Flasche und steckte mir so den Sauger in den Mund. Es war mir neu so zu trinken, aber das störte mich nicht, war mir sogar lieber hier am Polster zu trinken, als bei ihr am Schoß zu sitzen. Während ich trank erklärte mir Oma wieder, dass ich nun groß war und kein Baby mehr war. Mutti hätte nun ein anderes Baby und viel Arbeit damit. Ab jetzt würde ich mein Fläschchen selbst trinken müssen !

Es vergingen viele Tage, wo sie mit ihr allein war. Bald hatte ich mich an ihre neu eingeführten Morgenrituale gewöhnt. Es machte mir sogar spaß, am Polster lehnend zu trinken. Ich wurde darin immer besser und konnte es nach ein paar Mal tadellos selbst. Ich erhielt sogar ein Lob von Oma ! War sie etwa doch nicht Hexe Oma?

Doch es ging schon weiter mit neuen Ritualen ! Ich musste beim Tisch sitzen, wie eben eine Große. Sie sammelte alle Pölster, im Wohnzimmer zusammen, legte sie auf einen Sessel und setzte mich darauf. Dann bekam ich den Löffel in die Hand gedrückt und sollte nun auch noch selbst essen ! Dabei erzählte mir Oma wieder dasselbe, dass ich nun kein Baby mehr war, weil meine Mutter nun ein anderes Baby hatte ! Meine Mutter hatte nun ein neues, ganz kleines Baby, das sie pflegen musste, aber ich sei ab nun kein Baby mehr. Ich dachte mir nur „Hexe" Oma, das würden wir dann schon

sehen ! Wo sollte denn da plötzlich im Krankenhaus ein anderes Baby herkommen?"

Damit musste ich nicht nur selbst trinken, sondern auch essen. Das selbst Essen war nicht so lustig wie das Trinken, das ich nun schon super konnte. Das mit dem Essen gelang mir nur selten und es verlangte mir all meine Konzentration ab, damit überhaupt etwas in meinem Mund landete. Doch Oma gab nicht auf. Abends saß ich immer eine Ewigkeit auf dem Topferl. Meine Oma sagte dann immer wieder und wieder „Türli weit aufsperren". Ich hatte keine Ahnung was sie mir damit sagen wollte. Wenn ich ihrer Meinung nach lange genug am Topferl gewesen bin, gab es erst eine Gutenachtgeschichte. Dies war auch etwas komplett Neues für mich, aber nicht so schlecht.

Unfassbar was diese Oma noch alles für mich auf Lager hatte ! Sie ging mit mir einkaufen und sie wunderte sich wen ich da alles so kannte. Wir trafen jedes Mal jemanden, der mich erkannte, mir winkte und mit mir scherzte. Im Geschäft bekam ich immer was zum Naschen, aber Oma erlaubte mir nicht es gleich zu essen und ließ es einpacken. Zuhause bekam ich es meistens auch nicht, weil es ihrer Meinung nach nicht gesund war, aß es aber dann oft vor meinen Augen selbst !

Nach meinem Mittagschlaf gab es immer Obst und einen Spaziergang ohne Wagerl ! Ich musste den ganzen Weg selbst laufen und immer die Hand geben !

Natürlich, weil ich ja nun kein Baby mehr war, denn das Wagerl braucht ja dann das neue Baby !

Noch was ganz Neues führte Oma ein ! Wir gingen zu sämtliche Nachbarn und die kamen auch zu

uns ! Das war noch nie da ! Sie waren bisher völlig fremd für mich ! Was da alles geredet wurde verstand ich nicht immer, aber es war nicht unbedingt nett was Oma da oft über meine Eltern und mich erzählte. Sie war eben wirklich Hexe Oma aus meinem vorherigen Leben ! Wenn nur Mutti endlich wieder da gewesen wäre !

Eines Morgens, nach dem üblichen Ritual, erklärte Oma Mutti würde dann gleich mit meinem Vater und dem neuen Schwesterchen nach Hause kommen.

Ich hatte, natürlich nicht, die leiseste Ahnung was ein Schwesterchen sein sollte.

Und dann war es so weit. Es läutete an der Wohnungstür. Oma hob mich hoch und öffnete die Tür. Herein kam mein Vater mit einer großen Tasche und dahinter meine Mutter. Sie hatte einen großen Polster am Arm und wirkte irgendwie fremd auf mich. Ja, das war Mutti, aber sie wirkte verändert, viel dünner ! Plötzlich weinte da ein Baby. Die Stimme kam aus dem Polster in Muttis Arm. Ein weinendes Baby war da im Polster zu sehen ! Mutti wollte es Oma und mir gerade zeigen, als mich Oma abrupt auf den Boden stellte, ihre schon bereitstehenden Sachen schnappte und laut schimpfend „ich brauch sie nicht sehen, ich weiß, dass sie meine Nase hat ! Ein stolzer Giebel ziert das Haus !" und davon stürmte. Am Schluss erklärte Oma noch: "übrigens, Ulli brauchts jetzt kein Fläschchen mehr geben, sie trinkt es jetzt selbst, sie isst auch schon selbst und sitzt brav am Topferl, wenn man will geht eben alles !" Damit knallte sie die Wohnungstür von außen hinter sich zu. Meine Mutter fing zu weinen an und ich natürlich auch. Mein Vater schrie wild vor Zorn !

Mutti flehte meinen Vater an doch leise zu sein und versuchte mich zu beruhigen. Das Baby weinte immer noch ! Was war das plötzlich für ein Leben !

7. Alles neu

Vati-Oma war seit dem letzten Auftritt an unsere Wohnungstür nicht mehr zu sehen.

Meine heile Welt von vorher gab es nicht mehr. Da war jetzt, wirklich ein Baby, mit dem Mutti ständig beschäftigt war. Wir waren nur zu Hause. Ich hatte den Eindruck dieses Schwesterchen Edith schrie ständig ! Wenn ich aufwacht und beim Einschlafen. Meine Eltern stritten sich und schrien mich an. Mutti war fast nur mit dem Baby beschäftigt und weinte oder schlief und ich war fast nur in meinem Gitterbett. Meinen Kinderwagen, mein Wagerl, hatte ich auch wirklich nicht mehr ! Ich musste an der Hand laufen oder musste auf einem kleinen Sesserl, auf dem Wagerl meiner Schwester sitzen !

Eines Tages fingen wir an meine Taufpatin öfter zu besuchen. Das war schön ! Sie hatte jetzt auch ein Baby, aber das war anders als meine Schwester. Es war größer und vor allem es schrie nicht ständig ! Das Baby meiner Patin war ein Bub, hieß Franz und ich durfte ihn angreifen und streicheln !

Manchmal durfte ich auch bei meiner Patin Herta bleiben. Das tat mir richtig gut, denn da war wieder

Ruhe und Harmonie. Vor dem Schlafen kuschelten wir da mit meiner Patin und dem Baby Franz. Zu Hause mit Mutti und meinem Schwesterchen konnte ich mich an solche Situationen nicht erinnern.

Nur einmal war auch bei Herta eine hässliche Situation. Papa von Franz kam heim und schimpfte auch wie mein Papa. Er wurde auch so laut wie meiner und schrie, verärgert als er mich sah „was macht denn dieser Fratz auch schon wieder da !" dann verschwand er türkrachend.

Franz und ich weinten beide und auch Herta begann zu weinen. Herta tröstete uns. Sie setzte sich mit uns auf die Couch und drückte Franz und mich an sich und wir schliefen so ein. So was hatte Mama noch nie mit Edith und mir getan !

Wir waren auch sehr oft bei den Eltern meiner Mutter, Mutti-Oma und Opa. Dort war es auch immer schön und ich war dort noch die Ulli wie zuvor !

Langsam, sehr langsam wurde ich größer und selbständiger. Die Besuche bei Herta intensivierten sich. Ich war auch immer öfter allein da. Das machte mir natürlich gar nichts aus. Auch das Baby Franz wurde größer und bald konnte ich mit ihm in seinem Laufstall spielen.

Auch Edith, meine Schwester wurde natürlich größer, aber mit ihr spielen konnte ich nicht. Auch wenn ich nun schon öfter wieder aus meinem Gitterbett durfte, war es nicht möglich mit ihr zu spielen. Sie war in ihrem Gitterbett und ich durfte sie nicht angreifen. Wenn ich es doch tat schimpfte mich Mutti sofort. Ich durfte nun öfter aus meinem Gitterbett, da ich mittlerweile gelernt hatte über das Gitter zu klettern.

Auch meine Schwester hatte sich weiterentwickelt. Wenn ich mir ein Spielzeug aus ihrem Bett angeln wollte, fing sie an mich zu beißen. Das tat mir weh und ich fing an zu weinen und meine Mutter schimpfte mich ! Ich wollte doch nur mit meiner Schwester spielen ! Mit Franz spielte ich doch auch immer ! Der biss mich nicht und keiner schimpfte mit mir, wenn ich mit ihm spielte. Nein, Herta lobte mich sogar, wie lieb ich mit ihm spielte ! Mutti beschwerte sich aber nur bei allen, wie schlimm ich doch war und wie arm meine kleine Schwester doch neben mir war. Edith war doch eine so kleine schwache Frühgeburt und ich würde immer wieder in Edits Gitterbett greifen und auf Edith hinschlagen. Das stimmte doch gar nicht ! Ich wollte doch nur mit ihr spielen, aber Edith biss mich nur immer, ehrlich wahr ! Sie konnte das schon ! Sie war böse und nicht ich ! Doch überall, wo wir auch hinkamen, hörte ich das Gleiche Lied - wie schlimm ich doch war. Meine Eltern stritten unaufhörlich, wenn wir zu Hause waren und ich war meistens mir selbst überlassen.

Wie oft passierte es, dass ich Hunger oder Durst hatte, aber mein Bitten wegen der Schreierei meiner Schwester und der Streiterei meine Eltern einfach überhört wurden ! Wenn ich umgewickelt wurde brannte es jedes Mal wie Feuer zwischen meinen Beinen ! Ich wurde geschimpft und schließlich auch geschlagen.

Da fing ich an es zu hassen zu Hause zu sein !

Wenn wir unterwegs und mit anderen zusammen waren, dann war Frieden und es wurde sich auch um mich gekümmert.

Es dauerte nicht lange und ich wurde das erste Mal stationär im Kinderspital aufgenommen. Ich hatte zwischen den Beinen ein Furunkel, das operativ eröffnet werden musste. Es war ein Pflegefehler hieß es.

Im Spital war es interessant. Ich wurde täglich in der Früh gebadet und hatte meinen ersten Kontakt mit einer Zahnbürste mit süßer Zahnpasste darauf. Da waren viele andere Kinder die kleiner und größer waren als ich. Sie weinten manchmal auch so wie ich, doch keines der Kinder weinte je so unaufhörlich furchtbar als wie meine Schwester zu Hause !

Neben mir lag ein großer Bub in einem Gitterbett.
Er hatte ein Bein im Gips mit Schnüren daran. An
den Schnüren waren Gewichte. Mir wurde erklärt,
dass sich der Bub sein Bein gebrochen hatte. Das
konnte ich mir gar nicht vorstellen. Das Bein war
doch gar nicht abgebrochen. Es war immer noch
ganz !

Plötzlich war da meine Mutti neben mir. Sie war
angezogen wie alle anderen Krankenschwestern
hier und fütterte mich ! Als ich Mama zu ihr sagte,
meinte die Krankenschwester, aber sie sei nicht
meine Mama ! Was sollte denn das? Ich begann
fürchterlich zu weinen, aber Mama verschwand
einfach. Nach einer Weile kam sie zurück und gab
mir meine Puppe. Sie sagte sie hätte sie gerade von
zu Hause geholt. Na

also ! Sie war ja doch meine Mama ! Jetzt war alles

gut ! Mir fing es an da im Spital so richtig gut zu
gefallen. Bald durfte ich auch aus meinem
Gitterbett und mit den anderen Kindern spielen. Es
gab jede Menge Kinder und Spielzeug zum Spielen.
So viel, was ich zu Hause alles nicht hatte ! Sogar
Dreiräder gab es ! So etwas hatte ich überhaupt
noch nie gesehen !

Leider dauerte der Spaß dort für mich viel zu kurz
und ich musste wieder nach Hause.

Zuhause wurde es aber zum Glück dann auch wieder etwas besser.

Wir waren viel unterwegs mit Herta und Franz oder ich war auch allein bei ihnen zu Hause. Dann waren wir auch viel bei Opa und Mutti-Oma oder sie kamen zu uns.

Wenn Besuch kam, dann war immer vorher Hektik zu Hause. Es wurde dann schnell halbwegs sauber gemacht. Trotzdem schimpften Opa und Oma, weil es nicht ordentlich genug war. Oma fing oft an uns Kinder umzuziehen und zu putzen. Auch ich musste Oma helfen aufzuräumen. Das Aufräumen war, für mich eigentlich immer ganz lustig, denn ich wusste schon viel, wo was hingehörte und Oma lobte mich dann immer dafür. Das endete dann aber auch meistens im Streit zwischen Mama und Oma.

Eines Tages wurde es noch besser !

Herta kam mit Franz und einem riesigen Koffer zu uns und blieb bei uns ! Ich konnte mein Glück kaum fassen ! Herta und Franz schliefen sogar über Nacht bei uns im Wohnzimmer ! Doch leider nur für ein paar Tage.

Eines Nachts hatte ich dann einen Traum. Zu mindestens wirkte es wie ein Traum. Es war der erste dieser Art von Träumen, seit ich das letzte Mal in der Welt der Köperlosen war. Also meine erste Intuition ! Dieser Traum sagte mir, dass Herta mit Franz von uns für eine lange Zeit weggehen würde, aber ganz bestimmt, wiederkommen würde. Meine Angle, Herta wäre trotzdem für mich da und sie würde mich nicht vergessen. Der erste intensive gemeinsame Teil meines zwei in einem Leben, in dem Herta für mich da sein sollte, sei nur schon vorbei. Sie würde aber ganz bestimmt wegen mir wiederkommen ! Während Herta weg sein würde, würde vor allem mein Opa, die Bienenkönigin aus meinem letzten Leben, für mich da sein. Er würde mich beschützen und aus meinen kommenden Nöten retten.

Dann kamen in der Früh auch, wirklich meine Großeltern und wir fuhren alle gemeinsam zum Bahnhof. Herta hatte wieder ihren riesigen Koffer bei sich, den aber mein Opa trug. Alle taten so als ob Opa und Oma verreisen würden. Auch als es ums Einsteigen in den Zug ging stieg erst Opa ein und brachte den Koffer ins Abteil. Erst kurz vor Abfahrt kam Opa wieder auf den Bahnsteig heraus und Herta stieg mit Franz ein. Es sollte niemand sehen, dass Herta und Franz in den Zug gestiegen sind ! Erst als alle Türen bereits geschlossen waren, hob mich Opa hoch damit ich mich von den Beiden verabschieden konnte ! Alle, bis auf Franz und mich, waren sichtlich sehr traurig und hatten Tränen in den Augen. Warum denn das? Alle wünschten Herta und Franz viel Glück und richteten Liebe Grüße an Inge aus. Wer auch immer diese Inge war.

Dann rollte der Zug auch schon an. Alle winkten wir, bis der Zug nicht mehr zu sehen war. Opa stellte mich wieder auf den Boden und hielt meine Hand warm und fest. Opa fragte in die Runde der Anwesenden „Bin gespannt, ob wir die Beiden je wieder sehen werden". Warum wussten die anderen nicht was ich, seit letzter Nacht wusste?

Ich erklärte ihnen, dass sie ganz sicher wiederkommen würden und warum. Da lachten alle und meinten „ein herrlicher Kindermund!" Opa drückte meine kleine Hand ein paar Mal noch inniger und versprach mir, von nun an dafür noch mehr für mich da zu sein, damit ich leichter über den Verlust von Herta und Franz hinwegkommen würde. Ich hatte natürlich, keine Ahnung, wovon die Erwachsenen da redeten und hopste an Opas Hand lustig neben ihm her. Meine Mutter meinte dann auch noch „an Ulli kann Resi dann sehen, wie es ihrem Sohn vermutlich gehen könnte. Ihr Sohn war gleich alt wie Ulli jetzt, als sie ihn zur Adoption frei gab. Sie macht sich mittlerweile Vorwürfe, das getan zu haben. Sie nimmt zwar an, dass es ihm sicher gut geht, sonst würde ja schließlich niemand ein Kind adoptieren, aber sie fragt sich, ob er sich später noch an sie erinnern würde ..... „Opa meinte sicher würde er sich erinnern können, denn auch er könne sich noch an gewisse, vor allem einschneidende Vorkommnisse erinnern, als er in meinem Alter war. Auch ich würde sicher Herta und Franz nicht mehr vergessen. Außerdem würde er auch dafür sorgen, dass ich sie nicht vergessen würde ! Wer weiß wofür der Kontakt zu Herta noch einmal für mich, oder für Herta und Franz wichtig sein könnte !

8. Reichlich Ablenkung

Herta und Franz waren weg und Opa und Oma gaben sich wirklich große Mühe mich abzulenken. In der Tat hatte ich in den folgenden Wochen kaum Zeit an die Beiden auch nur zu denken.

Sogar die Körperlosen schienen sich an den Ablenkungsmanövern meine Großeltern zu beteiligen, und sorgten dafür, dass auch das Wetter mich beschäftigte. Es wurde bitterkalt und es begann zu schneien. Ich erlebte zum ersten Mal bewusst den Schnee. Bald danach kamen Krampus und Nikolo.

Auch die Beiden kannte ich noch nicht ! Das alles war furchtbar aufregend für mich und ich fiel immer todmüde ins Bett. So müde, dass ich kaum etwas von den, fast täglichen, lauten Streitereien meiner Eltern mitbekam.

Dann wurde ich krank. Ich hatte hohes Fieber und fürchterliche Halsschmerzen. Kaum wurde es etwas besser und alle dachten ich würde schon wieder gesund, wurde es wieder schlechter. Das Fieber kam und ging. Mehrere Ärzte schauten mich an und verschrieben mir immer neue Medikamente.

Erst kurz vor Weihnachten war dann zum Glück das Fieber endlich weg.

Dann war es so weit und ich erlebte wieder etwas, für mich völlig Neues ! Es kam eines Abends das Christkind.

Opa und Oma kamen mittags zu uns und es war alles eigenartig geheimnisvoll. Schon als meine Großeltern bei uns ankamen entging mir nicht, dass sie eine riesige Tasche mithatten. Für eine Sekunde sah ich, beim Anblick der riesigen Tasche, Hertas riesigen Koffer vor meinen geistigen Augen. Ich wollte wissen ob meine Großeltern auch mit dem Zug weit weg fahren würden. Alle starrten mich für einen Moment sprachlos an.

Opa fing sich als erster wieder. Er lachte, sagte „niemand", hob mich hoch drückte mich fest, drehte sich wild mit mir im Kreis und erklärte, dass wir alle zusammen, nach dem Essen, eine schöne Runde im Schnee machen würden. Wir würden auch in die Kirche wieder das „Kripperl" anschauen gehen, denn ganz bald würde ja das Christkind kommen. Es würde in das „Kripperl" da auf Erden gelegt werden. Als Opa mich wieder runter stellte war die Tasche verschwunden und vergessen. Es gab heute bei uns Mittagessen ! Auch das Mittagessen war ganz anders als sonst. Wieder war da etwas Geheimnisvolles in der Luft ! Nachmittags waren wir dann, wie versprochen mit

Opa und Oma im Schnee spazieren. Wir gingen eine große Runde und besuchten am Schluss auch das „Kripperl" in unserer Kirche. Da lag heute plötzlich auch ein Baby drinnen. Es war nur eine Puppe, aber es sollte das Christkind sein und sollte allen Menschen ein Geschenk bringen !

Auch uns allen sollte, diese Babypuppe da, ein Geschenk bringen !

Das war spannend und ich konnte mir das so überhaupt nicht vorstellen !

Mein erstes Weihnachten das ich bewusst miterlebte !

Als wir aus der Kirche kamen schneite es und es war bereits fast ganz dunkel. Die Straßenbeleuchtung war auch schon angegangen und brachte den Schnee geheimnisvoll zum Glitzern. Langsam gingen wir über den, unter unseren Schritten knirschenden Schnee zurück zu unserem Wohnblock.

Als wir in unsere Wohnung kamen roch es da wie noch nie zuvor. Wir zogen unsere Handschuhe, Stiefel, Hauben und Mäntel aus. Alle gingen in die Küche, aber ich wollte ins Wohnzimmer. Als ich die Tür öffnen wollte ging das nicht. Durch das gerippte, gelbe Milchglas konnte ich sehen, dass es im Wohnzimmer dunkel war. Irgendetwas schimmerte aber doch auch drinnen.

Opa rief meine Schwester und mich in die Küche, als etwas vom Wohnzimmer her klingelte ! Alle Anwesenden gaben einen Laut des Erstaunens von sich. Was war das jetzt? Oma nahm Edith und mich an die Hand und wir schlichen vorsichtig hinter Opa her, um nachzuschauen und um nicht zu laut zu sein, damit wir ja nicht das Christkind erschreckten. Opa öffnete die Wohnzimmertür und ging vorsichtig hinein. Er deutete uns etwas zurück zu bleiben. Er war kaum drinnen, da rief er uns voll freudigem Erstaunen. Das Christkind war gerade da ! Er hatte es wegfliegen gesehen ! Was? Das Baby aus der Kirche konnte fliegen? Nein ! Das Baby in der Kirche ist kein echtes Baby und auch keine Puppe es war ein kleines Engerl, damit kann es in jedes Haus, in jede Wohnung, zu allen Menschen ! Diese Erklärung klang einleuchtend für mich.

Erst jetzt sah ich es. Wow, da war plötzlich ein riesiger Baum mitten im Wohnzimmer mit vielen Lichtern auf ebenso vielen bunten Kerzen ! Auch den sollte das Christkind gebracht haben! Engelchen und besonders das Christkind konnten eben alles. Dann mussten wir für das Christkind singen. Das war gar nicht gut für Edith und mich. Wir beide begannen, wie auf Kommando zu weinen. Daraufhin begannen Mama und Oma zu streiten. Oma meinte Mama würde sich mit uns Kindern viel zu wenig beschäftigen und nicht singen. Mama meinte, dass ihr das nichts anginge.

Ich hörte zu weinen auf denn der Streit war interessanter für mich. Warum stritten die beiden? Oma hatte doch Recht ! Die Großen beschlossen das Singen besser für jetzt gut sein zu lassen. Dafür hatte Opa nun die Geschenke entdeckt. Wow, so viele Packerl in buntem Papier eingepackt ! Da waren viele mit kleinen Figuren darauf, die ich schon in Bilderbüchern gesehen hatte ! Opa fand erst einmal ein Packerl für Edith und mich. Oma nahm Edith und Opa mich auf den Schoß und wir durften die Packerl öffnen. Plötzlich waren alle mit dem Aufmachen von Packerl beschäftigt. Es gab ein paar neue Spielsachen für uns Kindern und Gewand für die Großen.

Als alle Packerl offen waren, gab es Abendessen. Meine Schwester und ich durften noch etwas spielen und erst als wir ordentlich müde waren, ging es ins Bett.

Nach dem Christkind gab es wieder viel Streit zwischen meinen Eltern und ich hatte jedes Mal schreckliche Angst. Auch meine Schwester, Edith weinte dann besonders viel.

So kam es eines schönen Tages so weit, dass wir alle, außer Papa, ein paar Tage bei Opa und Oma blieben. Als Papa nach ein paar Tagen bei Opa und Oma auftauchte gab es auch da wieder große Aufregung und ich wollte nicht mit gehen, als

meine Eltern und wir Kinder wieder nach Hause
gehen sollten.

Also blieb ich dann, das erste Mal allein bei meinen
Großeltern. Unbekümmert winkte ich meiner
Familie hinterher. Schließlich wurde es Abend und
ich wurde von Opa ins Bett gebracht. Ich war
ohnehin, wieder einmal außergewöhnlich müde
und schlief sofort ein. Plötzlich erwachte ich aus
einem völlig wirren Traum. Ich träumte von den
wilden Streitereien meiner Eltern und ich sah auch
Herta und Franz. „Herta" rief ich und saß alleine,
aufrecht im völlig dunklen Zimmer ! Wo war ich?
Ich hatte Angst und schrie nach Herta. Die Tür ging
auf und es wurde heller im Zimmer. Es war nicht
Herta. Natürlich nicht ! Sie blieb ja noch lange weg.
Es war Opa, der hier ins Zimmer kam. Er hob mich
aus dem Bett, um mich zu trösten. Ich beruhigte
mich rasch. Jetzt kannte ich mich ja wieder aus !
Später brachte mich Opa wieder ins Bett zurück,
aber ich hatte Angst noch einmal zu träumen und
fing wieder zu weinen an. Das ging einige Male so
weiter. Schließlich gab Opa auf. Er rief ein Taxi und
brachte mich schließlich, mitten in der Nacht nach
Hause.

Verzweifelt weinte ich die ganze Fahrt. Ich wollte
doch nicht nach Hause ! Ich hatte doch nur Angst
vor einen neuen schlechten Traum. Zu Hause
würde es sicher nicht besser werden !

Mama nahm mich verschlafen in Empfang und Opa erklärte ihr kurz was war. Sie wollten am nächsten Tag noch einmal reden. Dann fuhr Opa, mit dem Taxi wieder zu sich nach Hause.

Mama legte mich in mein Bett. Durch die Ablenkung mit der Taxifahrt, die vertraute Umgebung, die nächtliche Stille und die weit fortgeschritten Uhrzeit schlief ich erschöpft doch wieder ein.

Bald darauf war ich wieder krank. Das Fieber und meine schrecklichen Halsschmerzen waren wieder zurück. Es dauerte diesmal wieder lange bis ich gesund wurde, aber ich war nur bei einem Arzt und ich bekam wieder einfach die Gleiche Behandlung wie zuletzt.

Als ich wieder gesund war, besuchten wir wieder meine Großeltern und ich bekam eine neue Chance allein über Nacht zu bleiben. Diesmal mit Erfolg ! Das freute mich selbst am allermeisten aber auch allen anderen freute das sehr!

Von nun an schlief ich häufig bei Opa und Oma, besonders nach Kämpfen meiner Eltern. Ja es waren nicht nur mehr verbale Auseinandersetzungen. Nein, es waren Großteils richtige Kämpfe ! Dabei schnappte meine Mama Edith und mich und hielt uns vor sich zwischen ihr und meinen, wildgewordenen Vater, der immer wieder versuchte nach ihr zu schlagen. Anfangs ließ er von ihr ab, wenn sie uns erst einmal auf dem Arm hatte. Doch es dauerte nur einige Male, dann störte meinem Vater dieses Abwehrverhalten meiner Mutter auch nicht mehr. Im Gegenteil er rastete dann meistens nur noch mehr aus ! Er entriss uns ihr und warf uns irgendwohin, aufs Bett oder auf die Couch, wenn wir Glück hatten ! Nicht selten schlug mein Vater nicht nur meine Mutter, sondern auch uns Kinder, wenn wir durch sein Verhalten anfingen zu weinen!

Langsam lernte ich diese Situationen ein wenig einzuschätzen, obwohl sie anscheinend immer aus dem nichts heraus entstanden. So fing auch ich an, mich selbst gegen diese Übergriffe, irgendwie zu schützen. Ich begriff rasch, dass ich besser still war und sobald Mama nach mir griff, erst einmal besser sofort davonlief und dann aus einem Versteck herausschaute, warum Mama mich fassen wollte. So entging ich bald, so manchen sinnlosen Schläge. Zitternd vor Angst harrte ich dann in meinem Versteck aus, bis alles vorbei war. Manchmal gelang es mir auch Edith mit mir in ein Versteck zu ziehen, aber sie verstand es anfangs nicht, oder biss mich, wenn ich sie im Versteck halten wollte. Es dauerte nicht lange, bis wir Kinder auffälliges Verhalten zeigten. Edith begann nervös im Gesicht zu zucken und ich bekam immer Angst, wenn mich Mama angriff, war ständig krank und litt nachts unter Alpträumen. Ich wollte immer gerne bei Opa schlafen und gar nicht gerne nach Hause gehen. Bei Opa hatte ich kaum Alpträume und da waren auch keine Kämpfe.

Als es draußen wieder etwas wärmer wurde, fuhren Mutti, Edith und ich mit einem Taxi ins Spital. Dort gingen wir mit einer Krankenschwester in ein Zimmer, in dem saß schon ein größeres Mädchen mit ihrer Mutter. Ich wurde von Mama umgezogen und hatte damit nun das Gleiche an, wie das große Mädchen. Das war ja lustig ! Ein Arzt kam ins Zimmer und schaute mir in den Hals. Ich hatte keine Angst, denn das kannte ich mittlerweile ja schon zu Haufen. Nach einer Weile ging die Tür auf und das große Mädchen und ich wurden auf einen großen Wagen zu noch anderen Kindern gesetzt und damit weggeführt. Unsere Mütter winkten und sagten „bis später, brav sein !". Ein Pfleger brachte uns in ein Badezimmer. Dort gab mir eine Schwester einen Wattebausch und ich sollte sagen wonach es riecht. Es roch scharf. Ich konnte nicht sagen was es war.

Als ich meine Augen wieder öffnete, lag ich in einem Metall Gitterbett. Mein Hals tat wieder höllisch weh, dazu hatte ich eine Eiskrawatte um meinen Hals. Ich versuchte mich aufzusetzen und musste husten. Das große Mädchen war auch wieder da und lag auch in einem Gitterbett, aber ihr Gitter war nicht oben so wie bei mir. Als das Mädchen merkte, dass ich wach war, kam sie zu mir herüber und wollte meinen Namen wissen. Ich wollte ihn ihr sagen, brachte zu meinem Erstaunen aber keinen Ton raus. Stattdessen tat mein Hals nur noch mehr weh. Das Mädchen hieß Christine. Das hatte sie mir gesagt. Sie bot mir ein Stück Manner-Schnitte an. Die liebte ich sehr ! Ich nahm sie und begann zu essen. Das war aber keine gute Idee ! Die Schmerzen in meinem Hals wurden nur noch schlimmer. Als ich gerade noch einen Bissen versuchen wollte, erschien eine Krankenschwester. Sie zeigte sich erfreut, dass ich schon wach war. Dann sah sie die Schnitte in meiner Hand. Entsetzt nahm sie mir die Schnitte weg. Das wäre nicht gut für meinen Hals, aber sie brachte mir dafür etwas anderes. Es war Eiscreme ! Oh, das war so lecker ! Noch nie zuvor hatte ich so was Leckeres gegessen ! Aber es war schon kalt, sehr kalt sogar ! Wenn man Halsschmerzen hatte darf man das doch nicht ! Die Krankenschwester meinte aber, diesmal darf ich doch, denn der Doktor hat mir was rausgeschnitten und das blutet sonst wieder. Dieses Krankenhaus war anders als das letzte. Es gab keine Spielsachen. Nur Bücher zum Anschauen. Später war da auch ein Opa der dem Mädchen und mlr eine Gutenachtgeschichte vorlas.

Ein paar Tage später holte mich Mama wieder ab. Als wir aus dem Krankenhaus raus kamen war da

mein Opa mit Edith im Wagerl. Oh, das war schön !
Opa ! Er hob mich hoch, drückte mich und setzte
mich zu Edith ins Wagerl. Erst jetzt merkte ich, wie
müde und schwach ich war. Wir gingen zu meinen
Großeltern und ich durfte ein paar Tage
dortbleiben.

Da kam dann auch gleich der Osterhase ! Schon
wieder was Neues für mich !

Wir gingen alle bei meinen Großeltern hinters Haus
in den Garten, als Opa plötzlich rief schnell schaute
der Osterhase da hoppelt er !"

Ich sah ihn auch gerade noch verschwinden, dort
wo Opa hingezeigt hatte. Da sah ich etwas Buntes
im Gras liegen. Da waren bunte Ostereier
Schokohasen Geleehasen und bunte Eier-Zuckerl.
Wir fanden auch einen Oster-Pinza, einen Ostet-
Striezel und ... ein Dreirad ! Es sah genauso aus wie
das, mit dem ich im Kinderspital fuhr und von dem
ich so begeistert erzählt hatte. Es war für mich und
Edith. Sie war ohnehin fast noch zu klein für das
Dreirad. Edith konnte die Pedale noch nicht
erreichen und musste mit den Füßen am Boden
antauchen. Mit dem Lenken hatte sie auch noch
Probleme und so verlor sie immer rasch das
Interesse am Dreirad.

Bald nach Ostern kam es nachts zu einem wahren
Abenteuer !

Edith und ich wurden eines Abends von Mama zu Bett gebracht, als es draußen noch nicht ganz dunkel war. Nach dem ich an dem Abend besonders müde war, schlief ich trotzdem rasch ein. Plötzlich erwachte ich, weil Edith laut nach Mama rief und schließlich, weil sie nicht kam laut zu weinen begann. Als auch mein Rufen keinen Erfolg zeigte, versuchte ich herauszufinden, warum Edith Mutti wollte.

Es stellte sich heraus, dass Edith „Lulu" musste.

Also kletterte ich aus meinem Gitterbett und verließ das Schlafzimmer, um Mutti zu holen. In der Wohnung war es schon finstere Nacht, nur die Laternen von der nahen Straße schickten ein fahles Licht in die Wohnung.

Ich rief Mama und suchte die ganze Wohnung ab, aber ….. Edith und ich waren ganz allein in der Wohnung !

Edith schrie immer verzweifelter, dass sie „Lulu"

musste !

Also suchte ich nun statt Mutti, Ediths blaues Topferl. Damit kletterte ich in Ediths Gitterbett, zog ihr den Pyjama runter und half ich aufs Topferl. Edith beruhigte sich sofort.

Ha ! Es hatte geklappt ! Alles war im Topferl, ich zog Edith wieder ihre Hose rauf und Edith legte sich wieder nieder zum Schlafen.

Doch das Topferl mit Inhalt, musste aus dem Gitterbett, damit Edith es beim Schlafen nicht umgestoßen und ausschütten würde !

Wie sollte ich das nur schaffen? Edith war noch zu klein, um mir damit zu helfen. So kletterte ich erst einmal aus Ediths Gitterbett und angelte mir den Topf, um ihn übers Gitter zu heben. Das Gitter war noch unglaublich hoch für mich und ich musste mich mächtig anstrengen, um Ediths volles Topferl über das Gitter aus ihrem Bett zu bekommen. Fast hatte ich es schon geschafft, als das Topferl plötzlich kippte und sich der Inhalt über Edith und ihr Bett ergoss !

Daraufhin sprang Edith wieder auf und brüllte wie am Spieß !

Das war nun auch für mich zu viel und auch ich begann zu weinen. Was sollte ich nur tun?

Als uns unser Weinen nicht weiterbrachte, wurde ich wütend und damit bekam ich eine neue Idee.

Ich rannte zur Eingangstür und hatte Glück, denn sie war nicht versperrt. Obwohl ich in der Dunkelheit schreckliche Angst hatte, öffnete ich die Tür und ging durchs finstere Stiegenhaus, zu unserer Nachbarin, bei der ich auch schon einmal zum Spielen war.

Ich läutete Sturm und die Nachbarstür wurde augenblicklich von innen fast aufgerissen.

Ich erstarrte und fing wieder zu weinen an, denn vor mir stand nicht unsere Nachbarin, sondern die Oma der Kinder, der Nachbarin !

Die Oma starte mich eine Sekunde lang fast genauso geschockt an, wie ich sie, aber merkte sofort, dass ich dringend Hilfe brauchte. Sie nahm mich an die Hand und ging mit mir zurück in unsere Wohnung.

„Wo ist denn eure Mama?" fragte sie dabei und ging weiter durch die Wohnung. „Ihr seid ja ganz allein !" rief sie schließlich entsetzt aus. Edith weinte immer noch bitterlich. Auf einem Blick erfasste die Oma die Situation und begann verzweifelt nach frischer Wäsche für Edith zu suchen. Das gelang ihr nicht, denn bei uns zu Hause war es immer, ein einziges Durcheinander. Langsam wirkte auch die Oma überfordert. Sie zog Ediths Bett und Edith aus, dann wickelte sie Edith in ihre Decke. Damit beruhigte sich Edith und unsere Eltern erschienen auf der Bildfläche.

Wir Kinder wurden von Mama zu Bett gebracht, aber wir konnte deutlich noch eine Weile eine hitzige Diskussion durch unsere Zimmertür hören, bis es endlich wieder ruhig in der Wohnung wurde und ich wieder einschlief.

9. Erste Abenteuer

Dann wurde es rasch wieder wärmer. Der Sommer zog langsam ins Land. Damit wurde unser Leben zuhause auch wieder entspannter. Die Kämpfe meiner Eltern wurden wieder seltener. Zu mindestens hatten wir Kinder dann weniger davon mitbekommen, denn wir waren durch das schöne warme Wetter nun viel im Freien unterwegs.

Zwischen den Wohnblöcken zu Hause, in unserer Straße war ein kleiner Spielplatz, nur durch eine Wohnstraße getrennt zu unserem Wohnblock. Auf dem hielten wir uns nun, unter tags häufig auf. Dazu hatte Mama begonnen uns zwei kleine Stöpseln, mit knapp vier und eineinhalb Jahren, allein am Spielplatz zu lassen. Alles war gut, solange ich nicht aufs WC musste und Edith kurz dafür allein in der Sandkiste zurückließ. Sobald Edith merkte, dass sie allein war begann sie regelmäßig lauthals mit voller Energie zu schreien. Anfangs beschwerten sich die Nachbarn noch bei meiner Mutter, über diese neuen Gewohnheiten, doch bald gaben sie auf und niemand bemühte sich mehr meine Mutter zu schimpfen.

Dafür kamen die Nachbarn nach jedem neuen Schreikonzert, meiner Schwester nun zu mir und schimpften mich ! Sie meinten, wenn meine Mutter mich, mit meiner kleinen Schwester zum Spielen allein am Spielplatz ließ, dann dürfe ich sie auch nicht allein lassen, auch wenn ich nur kurz aufs Klo müsse. Also versuchte ich, von da an Edith mit rauf zu nehmen, wenn ich aufs WC musste. Das war aber auch leichter von den Nachbarn gesagt als getan.

Edith wollte meist nicht mitkommen und fing erst recht wieder an zu schreien oder biss mich so, dass es jeder sehen konnte und dann bekam ich es auch noch von meinen Eltern oben zu spüren, im wahrsten Sinn des Wortes ! Ich konnte einfach nichts mehr richtig machen ! Ich wollte weg, weit weg !

Wo war, denn nur dieses große Wasser und das Schiff?

Bald darauf sollte ich das große Wasser wirklich zu sehen bekommen.

Im wahrsten Sinn des Wortes, mit Sack und Pack fuhren wir an einem Vormittag, mit dem Bus zu meinen Großeltern. Das Wagerl ließen wir zu

Hause. Dafür hatten wir jede Menge Taschen und Sackerl mit.

Opa und Oma schlugen die Hände zusammen! So viel Kein Gepäck! Sie hatten Angst etwas zu verlieren und schimpften, dass wir keine großen Koffer oder eine vernünftige Reisetasche hatten.

Die Großen waren alle sehr nervös und es lag etwas Besonderes in der Luft, dass ich nicht deuten konnte.

Als es Abend wurde, riefen meine Großeltern ein Taxi. Nach kurzer Fahrt erreichten wir unser Ziel.

Vor uns stand ein riesiger Autobus und unser Gepäck wurde in dem, unglaublich großen Kofferraum von dem Bus verstaut und wir stiegen ein.

Wir fuhren zu dem großen Wasser, auf dem auch große Schiffe fahren konnten. Mittlerweile war es schon stockfinster geworden, als der Bus mit uns startete. Erst wann es wieder hell werden würde, würden wir bald an dem großen Wasser ankommen.

Ich saß am Fenster und Mama neben mir. Zwischen uns saß Edith und dann saß sie wieder auf dem Schoß von Mama. Edith fand einfach keine Ruhe!

Doch ich war sehr gespannt. Ich saß in meiner Ecke und drückte mich ganz fest ans Fenster, damit mir nur ja nichts entging.

Erst fuhren wir durch die beleuchtete Stadt und dann aus der Stadt hinaus. Da draußen gab es auf den Straßen keine Beleuchtung mehr und im Bus wurde es auch stockdunkel. Das war mir dann auch sehr unheimlich. Besonders als wir nach wenigen Minuten, dann in einen Wald kamen. Dann ging es auf einen Berg hinauf und die Wälder um uns wurden dichter und immer mehr.

Ob da wohl auch Hexen wohnten? Die vielleicht von Hänsel und Gretel?

Mama und Edith schliefen bereits. Ich stand auf meinem Sitz auf und sah, dass Opa wach war. Ich fragte ihn ob da die Hexen drinnen wohnten. Nein da nicht, meinte Opa und einige Leute lachten über meine blühende Fantasie. Irgendwann schlief auch ich schließlich ein. Als wir durch eine kurvenreiche Strecke fuhren erwachte ich durch das Weinen meiner Schwester. Sie musste erbrechen, so wie einige andere im Bus. Mir ging es zum Glück gut. Ich war wieder sehr wach und beobachtete alles ganz genau. Langsam wurde es wieder heller. Bald würden wir das große Wasser sehen !

Es wurde immer wärmer im Bus. Die Sonne ging langsam auf. Das war schön ! Das kannte ich auch noch nicht ! Ich sah sie bis dahin nur beim Untergehen und da nur einfach hinter den Bergen verschwinden. Hier waren keine Berge mehr und die Sonne ging ganz langsam auf. Sie war nicht einfach hell. Sie hatte viele Farben. Von dunkelrot, bis orange und gelb. Kurz nach dem die Sonne wieder strahlend hell war, wie ich sie kannte, waren wir an unserem Ziel und stiegen mit all unserem Gepäck aus.

Es war da alles sofort ganz anders als zu Hause. Es war viel wärmer und irgendwie feucht und es roch ganz anders. Fast ein bisschen so, wie wenn Opa Suppe kochte. Opa zog einen großen Plan aus seiner Reisetasche und die Großen betrachteten ihn alle. Schließlich mussten wir noch einige Minuten gehen, bis wir bei einem Haus ankamen und das Gepäck abstellten. Wir mussten noch einige Zeit warten, bis wir hineindurften.

Meine Eltern blieben mit Edith beim Gepäck und meine Großeltern und ich gingen das erste Mal an den Strand und zu dem großen Wasser, dem

Meer ! Was für ein Anblick ! Eine Sandkiste so weit das Auge reichte und Wasser, ohne dass man ein Ende sah ! Es wurde immer heißer. Als ich wegen der Hitze jammerte, zog mich Opa einfach ganz aus und ich durfte das Wasser gleich probieren. Anfangs hatte ich etwas Angst vor so viel Wasser, aber nur einen Moment ! Dann war ich Feuer und

Flamme für das Wasser und den Sand ! Ich wollte gar nicht mehr raus aus dem Wasser. Es war so herrlich !

Wo war nun das Schiff, das zu Herta, Franz und Inge fahren konnte?

Es folgte ein wunderschöner, unvergesslicher Badeurlaub, jedoch auch nicht ganz ohne Abenteuer.

Ich hatte gelernt selbst, mit einem Sandküberl Wasser zu holen, um tolle Sandburgen bauen zu können.

Dabei ging ich verloren, denn ich hatte ein großes Schiff anlegen gesehen. Ich wollte sehen, ob das wohl das Schiff zu Herta, Franz und Inge war. Doch leider waren da nur fremde Leute, die vom Schiff ausstiegen, ja diese Leute konnten mich nicht einmal verstehen ! Plötzlich wusste ich nicht einmal mehr, wo ich war ! Ich rannte durch die vielen Sonnenschirmreihen. Die Schirme hatten, alle ganz andere Farben als unsere Schirme, um unseren Platz herum ! Ich fing zu weinen an und rannte und rannte, bis mich schließlich eine fremde Frau einfing und zu einer Strandhütte brachte, auf dem ein großes rotes Kreuz gemalt war. Vor Schock hörte ich kurz auf zu weinen. In der Strandhütte waren weiß gekleidete Leute, die auf mich einredeten, die ich aber nicht verstand. Ich wollte aber nur zurück zu unserem Schirm und zu unseren Leuten und begann wieder zu weinen. Dann entdeckte ich einen jungen Mann, der suchend durch die Schirmreihen rannte. Den kannte ich doch ! Es war der junge Mann unseres Nachbarschirmes ! Ich riss mich von den Leuten aus der Strandhütte los und rannte zu dem jungen Mann. Die Leute aus der Strandhütte verfolgten mich. Da sah mich nun auch der junge Mann und erkannte mich offensichtlich auch. Er stürzte sich auf mich und erwischte mich, glücklicher Weise noch vor den Leuten aus der Strandhütte ! Schließlich stritten sich der junge Mann und die Leute aus der Strandhütte um mich und es kam fast zu einem Handgemenge ! Die Leute aus der Strandhütte gaben schließlich auf, als sie merkten, dass ich bei dem jungen Mann bleiben wollte, weil ich ihn anscheinend kannte. Der Mann kannte meinen Namen beruhigte mich und brachte mich dann auch wirklich zurück, zu meiner Familie. Ich war froh, wie alle anderen auch, wieder zurück zu sein ! Alle fragten mich, warum ich mich verlaufen hatte. Ich erzählte von dem großen Schiff, das angekommen war, auf dem aber Herta, Franz und Inge nicht waren und wie es dann weiter ging. Alle starrten mich, daraufhin fassungslos an. Ich wollte wieder weiterspielen und, gleich wieder Wasser holen gehen, doch entsetzt hielten mich diesmal alle zurück !

Wieder zu Hause wurde bald mein Geburtstag gefeiert.

Opa fuchtelte wieder mit einem Luftpostkuvert von Herta. Sie schrieb mir zum Geburtstag. Opa las wieder im Wohnzimmer vor. Dann fragte er mich was ich Herta und Franz erzählen möchte. Opa holte wieder ein weißes Papier und Oma zeichnete mit mir gemeinsam, was ich Herta erzählen wollte. Ich durfte die Zeichnung wieder ausmalen.

Sogar Hexe-Oma, Vati-Oma tauchte nach langer Abwesenheit, für meinen Geburtstag wieder auf ! Ich wusste, nur zu gut wie böse sie sein konnte. Alles sträubte sich in mir, aber es gab kein Entrinnen und ich musste ihr zur Begrüßung und zum Abschied ein Bussi geben ! Immerhin, sie hatte auch ein kleines Geschenk für mich und brachte eine riesige Torte mit. Sie erzählte ganz genau wie sie die Torte selbst gebacken hatte.

Dann kam es wieder, wie es kommen musste. Ich konnte Vati-Oma einfach nichts Recht machen. Egal wie sehr ich mich auch anstrengte, es war ihr nicht gut genug. Sie beschwerte sich über alles, natürlich wieder bei unserem Vater, denn bei unserer Mama war ja ohnehin alles sinnlos. Sie brachte ohnehin nichts auf die Reihe. Mein Vater sollte mir doch wenigstens eine ordentliche Erziehung angedeihen lassen. So könne das mit mir nicht weiter gehen !

Als Resultat kam es von da an, wieder zu vermehrten Übergriffen von unserem Vater. Auf mich hatte er es von da an, natürlich ganz besonders abgesehen. Die Übergriffe passierten völlig zusammenhanglos, egal wie ruhig wir auch gerade spielten und ich war sehr bald in Angst und Panik, sobald er nur in der Wohnung war. Es gab Schläge für mich und unsere Mutter. Mama hielt uns immer wieder und immer öfter vor sich und bat dabei unseren Vater inständig das Schlagen zu beende, wir seien doch noch so kleine Kinder.

Nur wenn wir wo zu Besuch waren oder Besuch hatten, war unser Vater wie ausgewechselt. Da verhielt, er sich gerade zu, als könnte er nicht bis drei zählen und keiner Fliege was zu Leide tun.

10. Geschwisterchen

Damit war das erste Jahr, ohne meiner Angel, jetzt Herta auch schon fast vorbei.

Nur Mama wurde bald, nach meinem Geburtstag krank.

Immer wenn wir in der Früh aufstanden, musste sie erbrechen und konnte uns kaum Frühstück machen. Oft mussten wir uns dann auch selbst weiter anziehen. Ich konnte das, eigentlich schon ganz gut selbst, aber Edith, mit ihren gut zwei Jahren, konnte das natürlich noch gar nicht. Also half ich ihr, das heißt, wenn sie mich ließ!

Dann platzte eine wahre Bombe !

Mama ging, wegen ihrem Erbrechen, mit uns zu einem Arzt. Ich musste mit Edith im Warteraum bleiben, als sie aufgerufen wurde. Es dauerte ganz schön lange, bis sie wieder herauskam.

Sie wurde von einer Frau Doktor begleitet. Mama wirkte verstört und schien geweint zu haben.

Was war da nur los?

Tage späte lüftete Mama dann das Geheimnis.

Edith und ich bekamen ein Geschwisterchen !

Na, Bumm!

Opa und Oma war der Schock buchstäblich ins Gesicht geschrieben und es war, minutenlange mausestill im Raum. Schließlich begannen unsere Großeltern vor sich hin zu schimpfen, beantworteten aber geduldig, all die Fragen, die sich nach dieser Eröffnung, mir nun so auftaten.

Unser Geschwisterchen sollte also nach dem nächsten Osterhasen auf die Welt kommen. Ich wusste nicht, ob ich mich freuen sollte, aber aufregend war diese Nachricht allemal !

Wochen später bekamen wir allerhand Geschenke und Leihgaben für das ankommende Baby. Darunter war, ein anderer Kinderwagen, ein Schlafwagen und ein Stubenwagen.

Von einer Familie aus der Nachbarschaft, mit vier Mädchen bekamen Edith und ich auch eine lebensgroße Babypuppe ohne Haare und ganz aus Plastik mit Schlafaugen.

Dazu bekamen wir auch jede Menge Babygewand, inklusive Fläschchen, Stoffwindeln und Gummihosen. Vieles passte auch der Puppe. Diese Puppe war der Hit für mich ! Sie war etwas größer als ein neugeborenes Baby. Ich begann damit leidenschaftlich zu spielen. Oma zeigte mir ganz genau wie ich die Puppe umziehen sollte und die Windeln wechsle, ganz so wie Mama es später mit dem neuen Baby machen würde. Natürlich wurde die Puppe von Oma und mir auch gebadet und gefüttert. Die Pupe wurde schließlich auch getauft. Sie hieß von da an „Andrea".

Dazu durfte ich mit all den echten Babysachen spielen. Wie es sich aber dann herausstellte, war das nicht nur ein Spiel für mich !

Es waren bereits die ersten Trainingseinheiten, die ich sehr bald dringend brauchen würde !

Mama wurde immer runder und man konnte schon sehen, wie sich das Baby in Mamas Bauch bewegte. Mama hatte immer wieder Appetit auf dies und das. Besonders auf belegte Brote mit Essiggurkerl und Apfelstrudel. Fast täglich gab es frisches davon, in rauen Mengen. Dazu stellte sie, die Möbeln fast täglich um.

Dann kam auch schon wieder der Osterhase und damit begann die Suche nach einem Namen für das Baby, das ja nun bald kommen würde.

Da wir nicht wussten, ob es ein Mädchen oder ein Bub werden würde, suchten alle für beide Namen. Es wurden alle möglichen Namen diskutiert und warum gerade der Name und nicht ein anderer.

Früher war es einfacher, da bekamen die Kinder einfach die Namen nach den Eltern, Taufpaten oder anderer naher Verwandter. Heutzutage hatte man aber solche Namen nicht mehr.

Dabei tat sich mir schließlich die Frage auf wie Edith und ich, zu unsere Namen kamen.

Edith hatte ihren Namen nach einer Freundin von Mama bekommen.

Inge und Edith waren vor vielen Jahren Mamas beste Freundinnen. Edith war die allerbeste Freundin von Inge und war nun immer mit großen Schiffen, weit weg auf allen Meeren der Welt unterwegs.

Das war ja spannend !

Ich hatte meinen Namen nach Mamas Mädchenbuch.

„Tapfere kleine Ulli"

Ulli, in dem Buch war ein Mädchen aus Salzburg, so wie ich, war durch die Ungunst der Verhältnisse gezwungen, ihr Elternhaus zu verlassen und allein auf sich selbst angewiesen. In ihrer neuen Heimat stieß sie überall auf Zurückhaltung und Ablehnung.

Die Geschichte erzählte, wie es Ulli trotzdem gelang, immer neue Freunde zu finden. Dabei war sie in spannende und aufregende Erlebnisse verwickelt.

Mama sagte sie wollte, nach dem sie dieses Buch gelesen hatte, immer schon eine Tochter haben, die genauso tapfer wäre wie diese Ulli, in diesem Buch !

Wow, das war ja noch spannender als die Geschichte um Ediths Namen !

Diese Ulli, in diesem Buch faszinierte mich auf Anhieb. Sie hatte anscheinend wirklich Gemeinsamkeiten mit mir !

Was ich noch nicht wusste, diese Gemeinsamkeiten sollten um noch vieles mehr werden !

Schließlich standen die Namen fest. Ein Mädchen sollte Roswitha heißen und ein Bub Gerhard.

Bis dahin war es mir völlig egal, ob ich noch eine Schwester oder doch einen Bruder bekommen würde. Nun aber hoffte ich inständig auf einen Bruder, denn Roswitha war mit Abstand einer der hässlichsten Namen, die ich je gehört hatte ! Ich hätte ewig mit meiner neuen Schwester Mitleid gehabt !

Weil es gerade um Namen ging, bestand unser Vater plötzlich darauf, dass weder Edith noch ich jemals wieder zu unserer Mutter „Mama" sagen durften. Er verabscheute das schon lange und ab

da durften wir unsere Mutter nur noch „Mutti"
nennen. Als Grund gab er nur an, weil er es so
wollte und weil er unser Vater war ! Wenn uns als
Versehen ab da „Mama" rausrutschte und er es
hörte, gab es dafür, so wie er es uns angedroht
hatte, eine „Verkehrte" auf den Mund !

Ab da waren Edith und ich, erst einmal vermehrt
bei meinen Großeltern. Opa nahm sich von seiner
Arbeit frei und auch Edith begann bei meinen
Großeltern zu übernachten.

Edith hatte ohnehin nie ein Problem, irgendwo zu
bleiben, solang auch ich dabei war. Wenn wir wo
anders als zu Hause waren, biss sie mich
wenigstens auch nicht.

Bei Opa und Oma war es immer sehr schön,
friedlich und lustig.

Besonders, seit wir nun schon etwas größer waren
und sich auch Muttis Bruder, unser Onkel Leo, mit
uns vermehrt abgab. Er war acht Jahre jünger als
Mutti. Daher war er für uns noch ein
außergewöhnlich junger Onkel und hatte, sehr zum
Ärger von Oma, nur Blödsinn mit uns im Kopf ! Je
mehr Blödsinn er mit uns machte, um so lustiger
war es natürlich aber für Edith und mich!

Er hatte tolles Spielzeug, mit dem wir nur mit ihm
gemeinsam spielen durften. Er hatte unter
anderem Matador, ein Qualitäts- Holzspielzeug,

das eigentlich ein Bubenspielzeug war. Edith und ich waren aber auch davon begeistert, denn wir hatten natürlich selbst so etwas nicht. Damit baute er mit uns faszinierende Dinge. So ließ er unter anderem einmal eine Seilbahn quer durch Omas Küche fahren. Das war vielleicht ein Spaß! Ein anders Mal, als er auf uns aufpassen sollte, baute er seine Kleinspur Elektroeisenbahn auf und verlegte jede Menge Schienen dafür. Darauf ließ er dann seine Züge fahren. Sie fuhren von der Küche über das Vorzimmer ins Wohnzimmer und weiter bis ins Schlafzimmer. Das war natürlich, ein wahres Reiseabenteuer für uns kleinen Mädchen.

Als Oma später mit Opa wieder heimkam, traf sie fast der Schlag, als sie die Wohnungstür aufsperrten. Das war für uns Kinder erst ein Spaß! Leo hatte auch jede Menge lustiger Tricks auf Lager, mit denen er uns Knirpse verblüffte und auch oft ganz ordentlich verarschte. Es war nicht sicher, wer mit seinen Tricks mehr Spaß hatte, er wenn wir ihm am Leim gingen oder doch wir.

Schließlich war es so weit. Nach dem uns unsere Großeltern noch einmal kurz heimgebracht hatten, gingen bei Mutti die Wehen eines abends los. Opa holte Mutti und uns Kinder mit einem Taxi ab. Mit zwei großen Koffern stiegen wir ins Taxi und lieferten Mutti im Spital ab. Das Taxi brachte uns anderen zur Wohnung unserer Großeltern. Edith und ich würden nun für einige Zeit hier zu Hause sein. So lange bis Mutti und das Baby sich soweit zu Hause eingelebt haben würden, dass Edith und ich wieder heimkonnten. Es war schon sehr spät am Abend und eigentlich längst Zeit für uns ins Bett zu gehen, als es Opa schließlich zu bunt wurde, noch länger zuzuwarten. Er rief schließlich im Spital an.

Gespannt wie ein Regenschirm standen Oma, Edith und ich neben Opa und hörten, wie er mit dem Arzt im Spital sprach und dann – „a gsunda Bua!"

Gott sei Dank! Gesund und ein Bub – Gerhard und zum Glück keine Roswitha!

Ein paar Wochen später brachte Opa Edith und mich wieder nach Hause.

Dort war uns anfangs alles seltsam fremd. Unser neuer, kleiner Bruder war noch sehr klein und schlief meist oder weinte, wenn er Hunger hatte. Ich hatte kaum noch Interesse an unserer Puppe Andrea, dafür um so mehr an meinem Bruder. Jetzt erst, hatte auch Edith Gefallen an unserer Puppe Andrea gefunden. Ich sprang sofort, wenn Gerhard munter wurde und zu weinen begann, um nur irgendetwas mit ihm tun zu dürfen.

Begeistert gab ich ihm bald darauf das erste Mal das Fläschchen und wurde nicht müde ihn zu füttern. Einige Wochen später erhielt meine Mutter einen Telefonanruf, dass unser Vater mit seinem

Fahrrad von einem Auto niedergeführt wurde und kollabierte deshalb fast. Sie konnte daher Gerhard, der untenrum nackt in seinem Gitterbett lag, nicht fertig wickeln und wieder anziehen. Als ich sah, dass sich Mutti krampfhaft am Schuhkasten festhielt und zu weinen begann, übernahm ich es kurzerhand. Wickelte ihn und zog Gerhard wieder an, genauso wie ich es mit Oma zuvor bestimmt hunderte Mal, mit unserer Puppe Andrea geübt hatte ! Aus meinem Spiel, Spaß und Hilfe in der Not wurde sehr rasch tägliche Pflicht. Gerhard auszuziehen, anzuziehen, umzuziehen, wickeln und füttern war nun mein Job. Dazu mit Edith auf den Spielplatz zu gehen und sie überall hin mit zu nehmen, damit sie nur ja nicht zu schreien begann oder mich biss, was sie alles mit Leidenschaft tat, wann immer es ihr gerade einfiel, auch wenn ich sie noch nicht einmal angegriffen hatte ! Sie schien es richtig zu genießen einfach loszuschreien und mich zu beißen, damit alle um sie herum zusammenliefen. Manchmal hatte ich auch schon das Gefühl, sie tat es bewusst, nur damit ich es dann immer wieder von meinen Eltern

abbekam !

Warum zur Hölle tat sie das nur?

Ich war doch immer lieb zu ihr und ich schrie doch auch nie oder biss jemanden, nicht einmal, wenn ich böse wurde und schon gar nicht einfach so zum Spaß !

War ich vielleicht wirklich, die kleine tapfere Ulli, aus Muttis Buch? Warum wollte Mutti eigentlich eine tapfere Ulli als Tochter haben?

Ich war immer ein aufgewecktes, lustiges Mädchen, das an allem Neuen interessiert war. Ich sog Neues, geradezu wie ein Schwamm auf und lernte rasch. Mein unbeschwertes Lachen war, bis dahin mein Markenzeichen.

Doch meine Tage, waren überhaupt nicht mehr lustig. Ich wurde immer stiller und ich lachte kaum noch, wenn ich mit meinen Geschwistern zu Hause war. Manchmal war ich auch richtig traurig und weinte sogar heimlich im Bett vor dem Einschlafen, ohne dass ich wusste, warum ich eigentlich weinte.

11. Tante Adi und Onkel Franz

Doch dann wurde es Sommer und alles wurde wieder besser.

Es waren dann auch mehr Kinder auf dem Spielplatz und auch andere Mütter, mit deren Kindern wir auch spielten. Die anderen Mütter schauten auch manchmal auf Edith, wenn ich kurz mal musste oder schimpften Edith neuerdings sogar manchmal, wenn sie plötzlich, aus dem Nichts auf mich los ging, oder einfach hysterisch losbrüllte. Edith hörte dann, interessanterweise sofort zu schreien auf !

Es kam wieder mein Geburtstag und damit wieder ein Brief von Herta und Franz. Sie schrieb auch zwischendurch im Jahr. Das freute mich immer

sehr ! Hoffentlich würde sie bald endlich wiederkommen ! Vielleicht könnten wir sie ja, auch einmal besuchen?

Das wäre doch toll !

Mit einem riesigen Schiff über das Meer zu fahren oder mit einem Flieger in der Luft zu fliegen. Dort wo Herta Franz und Inge waren, war es genauso, heiß wie in Italien, wo wir letzten Sommer waren, erklärte mir Opa. In Italien gefiel es mir sehr ! Ich wäre gerne länger dortgeblieben. Ob wir wieder einmal dorthin fahren würden?

Ja wir fuhren wieder !

Opa und Oma hatten neue Freunde, Tante Adi und Onkel Franz. Sie waren schon öfter zu Besuch bei meinen Großeltern, wenn Edith und ich auch bei ihnen waren. Sie waren, wirklich nette Leute und wir hatten alle zusammen immer sehr viel Spaß. Tante Adi konnte lachen, wie sonst niemand und sie schwitzte auch, wie sonst niemand. Ich mochte sie und sie auch mich auf

Anhieb ! Die Beiden hatten auch ein Auto, mit dem wir schon so manchen Ausflug, mit ihnen gemacht hatten.

Eines Abends, in geselliger Runde hatten die vier Erwachsenen die Idee gemeinsam auf Urlaub zu fahren und Edith und mich mitzunehmen. Es sollte wieder nach Italien, dorthin gehen, wo wir letztes Jahr schon waren !

Sie alle meinten, dass Edith und ich das dringend brauchen würden, denn man merkte uns Kindern deutlich die Veränderung bei uns zu Hause an.

Wow, wieder nach Italien ! Hurra ! Meer, Strand, Sonne, Eiscreme, ...

Aber ohne Eltern und dem Baby ! Würden wir da nicht weinen, gaben Tante Adi und Onkel Franz zu bedenken.

Aber nein, im Gegenteil, das fand ich gleich noch viel besser !

Schon bald nach diesem Gespräch ging es los.

Es gab Reisevorbereitungen, denn diesmal wollten meine Großeltern mit uns vernünftig verreisen. Als erstes wurden zwei richtige Reisetaschen für Edith und mich besorgt. Was da drinnen nicht Platz hatte, würde auch nicht mitkommen ! Wir bekamen jeder selbst einen Personalausweis ! Wieder was Neues für mich und ich fragte allen darüber Löcher in den Bauch.

Dann wurden Edith und ich komplett neu eingekleidet und wir gingen mit Opa das erste Mal in unserem Leben zum Friseur. Wir bekamen einen ordentlichen Haarschnitt, damit sich unsere Großeltern mit uns nicht schämen mussten.

Mutti brachte uns dann ein paar Tage später zu Opa und Oma. Nach dem Mittagessen ging sie mit Gerhard dann gleich wieder heim. Unser Gepäck war schon von Oma, frisch gewaschen in unseren neuen Reisetaschen, fix und fertig gepackt und für die Abreise in der Nacht bereitgestellt worden.

Nun waren wir noch an der Reihe, für die Reise vorbereitet zu werden. Wie immer, wenn wir bei unseren Großeltern übernachteten, wurden wir erst einmal, wie Opa zu sagen pflegte, „zimmerrein" gemacht. Wir wurden erst abgeduscht, dann in der Badewanne eingeweicht und am Schluss ordentlich abgeschrubbt und eingecremt. Auch unsere Nägel wurden gründlich gereinigt und geschnitten. Erst dann durften wir in ein Bett. Oma schimpfte dann gewöhnlich immer leise vor sich hin. „Das Dirndl kümmert sich einfach um nichts, wo hat sie das nur her......" !

Nach dem wir endlich sauber genug waren, ging wir alle zeitig ins Bett. Mitten in der Nacht sollte es ja losgehen. Opa würde uns so um Ein Uhr morgens, dafür aufwecken. Nach den Nachrichten wurde sogar gleich der Fernseher ausgeschaltet. Das lange Baden hatte uns davor schon ordentlich müde gemacht und wir schliefen relativ rasch ein, obwohl Edith und ich schon ganz schön Reisefieber hatten.

Pünktlich weckte uns Opa und Onkel Franz war bald darauf auch schon mit seinem Auto vor dem Haus, um uns abzuholen. Tante Adi lachte und alberte schon wieder als wir einstigen. Ich liebte ihr lachen ! Sie brachte auch mich damit immer wieder zum unbeschwerten Lachen !

Wir fuhren bald darauf, wie schon ein Jahr zuvor, durch die beleuchtete nächtliche Stadt Salzburg und ließen sie bald hinter uns. Es ging wieder weiter durch die vielen stockdunklen Wälder und über Berge. Edith und Oma schliefen bald ein, ich aber war hellwach und plapperte unaufhörlich. Ich wollte alles ganz genau wissen und hörte interessiert zu, wenn die Großen sich unterhielten oder mir meine unzähligen Fragen beantworteten.

Als es langsam hell wurde waren wir, wieder nach unglaublich vielen Kurven, an der Grenze und ich durfte dem Grenzbeamten meinen Ausweis zeigen. Wir waren schon in Italien ! Edith hatte diesmal, zum Glück die vielen Kurven verschlafen und musste nicht wieder, wie letztes Jahr erbrechen.

Nach weiteren drei Stunden Fahrt, wo auch ich schließlich wieder eingeschlafen war, kamen wir in Bibione an. Ich erwachte als das Auto dort zum Stillstand kam.

Hurra, wir waren da !

Es gab gleich darauf unser erstes herrliches, italienisches Frühstück in eine Strandhütte, frische Panini mit herrlicher Himbeermarmelade, wie es sie nur da gab. Zum Trinken gab es Cappuccino für die Großen und Late für uns Kinder. Das war der

Startschuss für einen, wieder unvergesslichen Urlaub.

Edith und ich hatten da natürlich keinerlei Heimweh !

Schon zeitig in der Früh waren wir täglich am Strand und im Meer schwimmen. Mittags gab es ein leichtes Mittagessen mit Salaten Gebäck gute Wurst und herrlichen italienischen Schinken und Käse. Danach hielten wir, wie alle Italiener Siesta. Zu Hause schliefen wir kaum noch mittags, aber hier gab es immer eine ausgedehnte Siesta, bevor es wieder an den Strand ging. Nachmittags gab es frisches Obst und das erste Eis am Tag. Wir hatten bald neue italienische Freunde am Strand und lernten unsere ersten italienischen Worte. Abends hieß es duschen und ab in eine Pizzeria, Trattoria oder Ristorante. Nach dem Essen wurde für nächsten Tag gemeinsam eingekauft. Das war für uns auch immer eine spannende Sache, denn da gab es Dinge, die es zu Hause nicht gab. Ich liebte die Supermärkte und ganz besonders die Pasta-Geschäfte.

In den Pasta-Geschäften roch es einfach umwerfend gut nach frischen Nudeln, die es da in allen möglichen Farben und Formen zu kaufen gab. Da standen riesige Nudelmaschinen in denen genauso riesige Teigklumpen gerührt, geknetet, ausgerollt und geschnitten wurden. Nudeln waren vor den Maschinen und über dem Verkaufstisch zum Trocknen aufgehängt. Fertige Nudeln lagen in unzähligen Holzkisten zum Verkauf bereit. Wenn wir Nudeln kauften, dann kauften wir immer wieder andere Nudeln. Edith und ich durften uns abwechselnd die Nudeln aussuchen.

Nach dem Einkaufen trugen wir rasch die Sachen ins Appartamento und dann gab es jeden Abend einen ausgedehnten Bummel durch die Straßen von Bibione und an den dunklen Strand mit den erleuchteten Strandhütten, aus denen italienische Musik erklang. In allen Straßen herrschte, um diese nächtliche Zeit reges Treiben. Alle Geschäfte waren offen und hatten ihre Güter auch vor ihren Geschäften aufgebaut, viele Menschen schlenderten durch die bunt erleuchteten Straßen oder saßen in Gastgärten mit Drinks und Speisen. Wenn wir brav waren und brav gegessen hatten, dann gab es jeden Abend noch ein Eis. Fotografen waren mit Babyäffchen oder mit Babywildkatzen unterwegs, die wir auch oft halten oder streicheln durften. Für Kinder gab es kleine Elektroautos oder Mopeds mit denen wir jeden Abend, bevor wir zurück in unsere Ferienwohnung zum Schlafen gingen, einmal fahren durften. Eines Abends faden wir einen Vergnügungspark, der da Lunapark hieß. Das war dort erst ein Spaß mit Tante Adi, denn ihr war nichts zu dumm und fuhr mit uns einige verrückte Sachen. Schlafen gingen, auch wir Kinder, wie in Italien so üblich immer erst weit nach Mitternacht.

Bei einem dieser Stadtbummel fanden wir ein knallrotes Gummiboot, zum Verkauf ausgestellt. Oma und Tante Adi fingen an, das bekannte Lied „… ein knallrotes Gummiboot… zu singen" Die Großen alberten mit dem Verkäufer deshalb so lange herum, bis Opa schließlich dieses knallrote Gummiboot für Edith und mich kaufte !

Das war, natürlich eine Riesen Aufregung für uns Kinder !

Am nächsten Tag nahmen wir das Boot, natürlich sofort mit an den Strand und gingen damit gleich ins Wasser. Sogar Edith, die bis dahin nur ihre Zehen ins Wasser getaucht hatte, kam mit ihren zwei Schwimmreifen mit ins Boot. Bis auf Oma waren wir alle mit dem Boot begeistert im Wasser. Opa schob das Boot mit Edith und mir vor sich her und im tieferen Wasser, wo die Großen noch, gut stehen konnten machten er Halt und begann das Boot um sich zu drehen, weg zu schupsen und an der Schnur wieder heranzuziehen. Alle hatten damit riesigen Spaß, bis plötzlich eine Welle das Boot, mit uns Kindern darin, erfasste, umkippte und verkehrt über uns liegen

blieb ! Als Opa das Boot anhob und darunter schaute, lachten wir ihm schon entgegen. Sogar

Edith, die sonst so wasserscheue, lachte und gluckste vergnügt und meinte ganz stolz auf sich selbst, als sie wieder im Boot saß „Ich hab gar nicht geweint, Opa!"

Eines späten Nachmittags wurde von einem der Strandmeister an den Fahnenstangen am Strand eine rote Flagge hochgezogen. Opa ging mit mir zu ihm hin und Opa fragte den Strandmeister, was das bedeutete. Es hieß Sturmwarnung für die kommende Nacht. Am nächsten Tag sollte das Wetter dann zwar ruhig und trocken, aber deutlich kühler sein.

Die Großen meinten daraufhin, dass am nächsten Tag eine gute Gelegenheit wäre, um etwas zu unternehmen.

Sie beschlossen daher am nächsten Tag nicht an den Strand zu gehen, sondern einen Ausflug zu machen. Bei der vorhergesagten Wetterlage würde sich eine Bootstour sehr gut anbieten. Bei unserem abendlichen Spaziergang suchten wir dafür alle gemeinsam eine Touristeninformation auf und Opa und Onkel Franz buchten eine Segelschifffahrt von unserem Strand nach Caorle und weiter nach Venedig. Mit einem großen Schiff würden wir am Meer fahren!

Ich zog Opa an der Hand und fragte aufgeregt "fährt das Schiff bis zu Herta und Franz?"

Opa lachte, drückte mich ganz fest und erklärte mir, wie es sich damit verhielt.

Natürlich nicht !

Dazu war dieses Schiff, mit dem wir fahren würden, viel zu klein und es hatte keinen Motor, der groß genug wäre, um weite Strecken fahren zu können.

Zu Herta und Franz würde es viele Male schlafen dauern. Unser Schiff aber würde auch mit Segeln, nur durch den Wind angetrieben werden. Der kleine Motor am Boot würde nur eingeschalten, wenn zu wenig Wind ging. Damit könnte dieses Schiff auch niemals so weit fahren können.

Damit mussten wir auch bald wieder zurück und ins Bett gehen, denn am nächsten Morgen mussten wir deutlich früher aufstehen als in den letzten Tagen.

Sehr viel zeitiger gingen wir dann doch an den Strand aber an eine andere Stelle. Dabei kamen wir an einer weißen Strandhütte, mit einem roten Kreuz darauf vorbei. Das erinnerte mich daran, als ich, ein Jahr zuvor verloren ging ! Dann standen wir auch noch vor demselben Schiff, das mich damals verloren gehen ließ !

Aufgeregt erzählte ich mein Abenteuer vom Vorjahr Tante Adi und Onkel Franz, als ich schauen wollte, ob Herta und Franz aussteigen würden und ich dann nicht mehr zu unserem Schirm fand. Opa bestätigte meine Erzählungen, als Tante Adi und Onkel Franz meine Großeltern fragend anschauten.

Über einen Steg und eine schwingende Brücke stiegen wir ins Segelschiff. Das Schiff wurde vom Steg losgebunden und es bewegte sich langsam und lautlos aufs Meer hinaus. Ganz ruhig ohne Motor und nur mit Hilfe der Segel glitt das Schiff dahin.

Mit offenem Mund saß ich staunend mit meiner Schwester auf meinem Platz zwischen Opa und Oma.

Nach einer Weile erreichten wir Caorle. Das Schiff drehte bei und einige Leute stiegen aus und andere wieder ein. Dann ging es weiter zur nächsten Station Venedig, wo wir aussteigen würden. Dort legten wir an einem großen Platz mit einer Kirche an. Auf dem Platz herrschte schon reges Treiben. Unzählige Tauben tummelten sich zwischen den vielen Menschen. Venedig war eine richtig große Stadt mit vielen Häusern, aber eine Stadt, wie sie es sonst kaum wo geben würde. Sie war ins Meer gebaut ! Ich konnte mich gar nicht satt sehen. Da waren Häuser auf Pfählen und die Straßen und Gassen zwischen den Häusern waren aus Wasser, auf dem lustige kleine und auch größere bunte Boote fuhren. Auf vielen dieser Boote stand an der Spitze ein Mann, der eigenartige Lieder sang und dabei mit nur einem Ruder das Boot steuerte. Über diese Wasserstraßen führten jede Menge gebogene Brücken und es roch überall nach Fisch, salzig, modrig nach Meerwasser. Nach einem Spaziergang über den großen Platz mit der Kirche, wo wir mit unserem Schiff angelegt hatten, schlenderten wir über einige der vielen Brücken. Wir stiegen immer wieder über Treppen rauf und runter und bewunderten eine Brücke ganz besonders. Zurück auf dem großen Platz bestiegen wir dann eines dieser bunten Boote mit einem Sänger darauf. Diese bunten Boote nannte man da Gondeln und der Mann, der die Gondel steuerte, hieß Gondoliere. Mit dem Boot ging es durch die vielen Wasserstraßen und unter den vielen Brücken durch, bis wir schließlich wieder auf unserem Ausganspunkt waren. Auf dem Platz, er hieß Markusplatz, gab es noch eine Stärkung für alle, dann ging es mit unserem großen Schiff wieder zurück nach Bibione.

Das Wetter hatte sich geändert. Es war jetzt kühler als zuvor und deutlich windiger. Damit war die Rückfahrt nicht so ruhig wie die Hinfahrt. Als wir wieder das offene Meer erreicht hatten gab es daher höhere Wellen. Unser Schiff begann ordentlich zu schaukeln. Wir mussten uns sogar gut festhalten, um nicht von unseren Sitzbänken zu rutschen. Das war ein Spaß für mich, aber nicht für alle on Board !

Auch Oma und Edith fanden es nicht so lustig, denn es wurde ihnen übel. Edith musste sogar erbrechen. Zum Glück kauften uns die Großen in Venedig neues Sandspielzeug ! So konnte Oma Edith abwechselnd mein und ihr Sandküberl unterhalten. Der Matrose vom Schiff band die Küberl abwechseln an eine lange Schnur und spülte die Küberl im Meerwasser aus. Er erklärte mir, dass sich die Fische über dieses Futter sehr freuen würden und ich konnte mich, wegen dieser Erklärung, kaum noch halten vor Lachen.

An einem der nächsten Abende fuhren wir alle zusammen auf einem Rad. Es war eine Rikscha. Es hatte Platz für vier Sitzplätze, für große zum Treten, zwei vorne und zwei hinten. In der Mitte konnte noch jeweils ein Großer sitzen und vor den Lenkstangen war ein breiter Korb, wo noch zwei kleine Kinder sitzen konnten. Gelenkt wurde mit einer Stange in der Mitter der vorderen beiden Treter. Es hatte Licht und eine Klingel.

Edith war noch zu klein und musste in dem Korb, vor den Räder sitzen, aber ich durfte zwischen Opa und Onkel Franz vorne sitzen und beim Lenken helfen und die Klingel immer wieder, sinniger und auch unsinniger Weise, betätigen.

Das war eine Riesengaudi !

Wir fuhren durch das nächtliche, bunt erleuchtete Bibione mit all den anderen Rikscha- und Tandemfahrern. Alle Räder klingelten oder hupten immer wieder. Die Leute auf diesen Rädern hatten, alle sichtlich Spaß, lachten und winkten, so wie wir auch.

Nach zwei Wochen, herrlich entspannten Urlaub, mit viel Sand, Strand, Sonne und Meer ohne Angst und Sorgen ging es wieder mit dem Auto von Onkel Franz eines Vormittags Richtung nach Hause.

Wir waren alle sehr traurig, dass der lustige und tolle Urlaub schon wieder vorbei war !

Je näher wir unserem Zuhause kamen um so stiller wurden alle im Auto. Das lag weniger daran, dass wir müde wurden, sondern jeder schien seinen eigenen Gedanken nachzuhängen. Das betraf nicht nur die Erwachsenen, nein auch uns Kindern ging es so.

12. Amerika und Australien

Zu Hause dauerte es nicht lange bis uns alle der Alltag wieder hatte.

Bald änderte sich das Wetter. Es wurde kälter und unfreundlicher. Damit hielten wir uns wieder vermehrt in der Wohnung auf und die Konflikte zwischen unseren Eltern nahmen wieder deutlich zu. Es herrschte wieder Angst und Schrecken sobald unser Vater zu Hause war.

Ich war schon groß genug, um mir besser selbst helfen zu können und nicht mehr so leicht als Prellbock herhalten zu müssen. Ich wusste, sogar schon wie man die Eingangstüre aufsperrte und wo sich meistens der Schlüssel befand.

Wenn es zu arg wurde, konnte ich nun schon aus der Wohnung fliehen. Manchmal gelang es auch Edith mit mir davon zu laufen.

Immer öfter hielten wir uns daher bei Schlechtwetter tagsüber bei Muttis Freundin

Renate auf. Mutti kannte Renate, seit ich und ihr Sohn Manfred zur Welt gekommen sind.

Sie wohnte mit ihm und seiner drei Jahre jüngeren Schwester, Angelika einige Straßen von uns entfernt. Der Vater der Kinder war unter der Woche tagsüber in der Arbeit und so konnte sich meine Mutter mit Renate und uns Kindern eine entspannte Zeit in vier Wänden machen. An den Wochenenden oder manchmal auch unter der Woche, wenn Renate nicht konnte, gingen wir zu Opa und Oma, wenn es mit meinen Eltern wieder eskalierte.

Bei Renate stellte sich sehr bald heraus, dass der Vater der Kinder nach der Arbeit entweder sofort oder gar nicht heim kam, weil er sich dann wo anders vergnügte. Was das hieß, wussten wir Kinder erst einige Jahre später.

Die Wohnung von Renate war riesig im Vergleich, zu unsere Wohnung. Wir hatten kein Kinderzimmer, aber sie hatten gleich zwei Kinderzimmer und sogar zwei Vorräume!

So spielte meist Edith mit Angelika in ihrem Zimmer und ich mit Manfred in seinem Zimmer. Manfred und ich hatten nicht nur unsere Geburtstage ganz knapp nebeneinander. Wir fanden sehr bald heraus, dass wir eine unglaublich aufregende

Gemeinsamkeit hatten und daher besonders gerne zusammenspielten.

So wie ich Herta und Franz weit weghatte, so hatte er einen Onkel sehr weit weg, in Amerika ! Sein Vater führte sich manchmal auch schrecklich auf, falls er mal zu Hause war. So tauschten wir einander unser Leid aus. Manfred eröffnete mir recht bald seinen Geheimplan, den ich einfach umwerfend fand. Er hatte ein Sparschwein und er bekam immer wieder Geld, das er dann in dieses Sparschwein warf und in sein Sparbuch auf die Bank brachte. Wenn er genug zusammen hätte, dann würde er sich davon ein Flugticket kaufen und zu seinem reichen Onkel nach Amerika auswandern. Er war dort Polizist und das wollte Manfred auch werden.

Wow, was für ein genialer Plan ! Manfred musste also nicht warten, bis sein Onkel wiederkam ! Er würde zu seinem Onkel gehen ! Was für eine geniale Idee !

Ob ich das auch tun sollte, zu Herta und Franz und Inge gehen? Das musste ich mir auch überlegen. Ich müsste erst einmal wissen, wo sie genau waren, damit ich sie auch finden konnte. Von da an begann auch ich an meinem Geheimplan zu arbeiten.

Eine ganz lange Zeit wusste niemand, außer Manfred, was sich in mir zusammenbraute!

Als erstes brauchte ich auch ein Sparschwein! Natürlich musste Manfred mir bei unserem nächsten Besuch, alles ganz genau über sein Sparschwein erzählen. Sein Opa hatte es ihm eines Tages geschenkt, damit er sich, wenn er groß war, einen großen Wunsch erfüllen konnte. Die Reise war sein größter Wunsch, nur wusste das bisher noch niemand.

So lange würde das dauern?

Vielleicht würden Herta und Franz ja doch früher wieder zurückkommen und nicht erst wenn ich groß war.

Geld bekam Manfred auch von seinem Opa und Oma. Wenn er nächstes Jahr in die Schule ging, dann würde er jede Woche sogar Taschengeld bekommen.

Ich musste die Sparschweingeschichte also erst einmal mit meinem Opa besprechen.

Wie sich dann herausstellte, besaß ich bei Opa auch schon ein Sparschwein. Auch Edith und Gerhard hatten eines. Opa versprach mich am nächsten Weltspartag mit zur Bank zu nehmen, wenn er das Sparschwein dort ausleeren lassen würde. Das war ja super ! Das musste ich, bei unserem nächsten Besuch sofort Manfred

erzählen ! Natürlich wusste Opa Hertas Adresse. Die brauchte er schließlich, um Herta Briefe zu schicken. Sie wohnte in Australien.

Opa holte einen Globus und zeigte mir, wo das war. Er zeigte mir auch, wo wir waren und wo Amerika. Wir waren also jetzt in der Mitte, der Onkel und Herta waren jeweils auf der gegenüberliegenden Seite. Na, Manfred würde staunen was ich alles herausgefunden hatte !

Zu Hause wurde es immer bedrückender für mich. Nicht nur die Kämpfe meiner Eltern belasteten mich zunehmend. Immer öfter bekam ich zu hören, dass ich die Verantwortung für meine Geschwister hatte, wenn immer einer der Beiden weinte, wurde ich bestraft !

Warum nur musste ausgerechnet ich, eine tapfere kleine Ulli sein?

Als Edith und ich, eines gewittrigen abends zu Hause in der Wohnung fangen spielten und eine starke Windböe die Wohnzimmertür zuschlug und Ediths kleiner Finger eingeklemmt wurde, war es natürlich wieder meine Schuld ! Obwohl ich aber schon gar nicht mehr in ihrer Nähe gewesen bin ! Ich befreite Edith nur in dem ich die Tür wieder öffnete ! Egal was ich auch sagte es glaubte mir niemand !

Ediths Finger war so schlimm verletzt, dass wir sogar ins Spital fahren mussten ! Sie musste sogar genäht werden und bekam für einige Tage eine Schiene !

Bald darauf bekam ich Bauchbeschwerden und konnte oft tagelang nicht aufs Klo gehen. Ich erhielt schließlich Abführtees verabreicht. Die schmeckten scheußlich und verursachten mir meist, gerade nachts starke Bauchschmerzen. Ich verbrachte oft Stunden nachts am WC, denn wenn immer ich zurück ins Bett ging, musste ich schon wieder raus. Vor dem WC stand eine Waschmaschine an der ich mich, am WC sitzend anlehnen konnte. Auf die Weise schlief sogar manchmal am WC wieder ein ! Es war die Hölle für mich. Tagsüber konnte ich mich manchmal dadurch, vor Müdigkeit kaum auf den Beinen halten. Ich hatte den Eindruck, dass alles immer schlimmer wurde und hatte kaum noch Spaß an irgendetwas !

Das ging so weit, dass ich von der Kinderärztin, ins Krankenhaus eingewiesen wurde.

Bei der Aufnahme erhielt ich erst einmal ein Aufnahmebad und die Krankenschwester schimpfte genauso wie Oma über meinen verwahrlosten Zustand. Sie meinte "Kinder müssen schmutzig sein, aber wenn ich mein Kind zum Arzt bringe und besonders in ein Spital zur Aufnahme, dann muss es sauber sein, das war schließlich kein Notfall!"

Ich war traurig und schämte mich fürchterlich.

Schließlich landete ich in einem großen Schlafsaal mit vielen Gitterbetten mit vielen Kindern, vom Baby bis zu kleineren Schulkindern. Ich wurde von Kopf bis Fuß durchuntersucht. Das war nicht so lustig, denn ich wurde unzählige Male gestochen und erhielt immer wieder Einkäufe. Ich bekam ganz ein anderes Essen als zu Hause. Jeden Tag bekam ich Obst und Gemüse. Für einige Untersuchungen wurde ich sogar in den OP-Saal gebracht und erhielt mehrmals eine Narkose! Bei einer anderen Untersuchung konnte ich sogar einmal meinen eigenen Darm auf einem Bildschirm sehen. Diese Untersuchung war besonders unangenehm, aber doch auch sehr interessant!

Sonst war es im Kinderspital von Tag zu Tag lustiger. Ich freundete mich mit einem Mädchen und ihrem Bruder an. Wir durften alle aufstehen und gemeinsam spielen. Es gab viel Spielzeug und wieder Dreiräder wie damals schon. Abends las uns die Krankenschwester immer eine Gutenachtgeschichte vor.

Ich gehörte in dem Schlafsaal schon zu den großen. Es gab auch viele kleine Kinder. Zu den Mahlzeiten saßen wir alle um einen großen runden Kindertisch in der Mitte des Saales. Bald kannte ich alle Kinder im Saal und begann den Schwestern zu helfen. Es machte richtig Spaß. Ich half beim Füttern und Beruhigen der Babys, hob Schnuller vom Boden auf und spülte sie mit Wasser ab, so wie es mir die Schwestern gezeigt hatten, ich half mit meiner neuen Freundin beim Tischdecken und Essen verteilen, wir räumten den Tisch nach den Mahlzeiten ab und erhielten für unsere Arbeit immer ein Lob oder Belohnungen in Form von einem extra Zuckerl. Vor dem Einschlafen plauderten meine neue Freundin und ich immer. Wir erzählten uns von unserem zu Hause, gutes und schlechtes. Manchmal war bei dieser Plauderei auch die Nachtschwester dabei und wir bekamen noch eine Spätmahlzeit von ihr. Meine neue Freundin und ich meinten, dass es da im Spital eigentlich richtig nett war und es ruhig länger dauern könnte, bis wir wieder abgeholt werden würden. Ich hatte nur sehr selten Besuch von Mutti. Die meisten anderen Kinder hatten täglich Besuch. Da war ich immer sehr traurig !

Während die anderen Kinder Besuch hatten, kümmerte ich mich um weinende Babys. Nach gut zwei Wochen durfte ich wieder nach Hause. Organisch war bei mir alles in Ordnung, meinte der Arzt. Es dürfte sich um eine psychosomatische Störung handeln. Ich bekam nur eine ballaststoffreiche Kost verordnet und ein Gel das lecker nach Banane schmeckte. Der Arzt verbot zum Glück die scheußlichen Abführtees und lobte meine Hilfsbereitschaft und meine sensible Art, mit kleineren Kindern umzugehen. Diese Sensible Art wäre sehr lobenswert, aber führte leicht dazu überfordert zu werden und dann zu solchen psychosomatischen Störungen. Ich hätte im Übrigen damit die richtige Persönlichkeit, um auch einmal Krankenschwester zu werden.

Ich konnte einmal Krankenschwester werden?

Oh, ja ! Ich werde, wenn ich einmal groß bin Krankenschwester !

13. Auf eigene Faust

Opa wartete schon mit meinen Geschwistern am Eingang. Unsere Großeltern wohnten nicht weit weg vom Spital. Gemeinsam gingen wir zu ihnen nach Hause. Bevor wir in die Wohnung gingen, durften wir Kinder noch auf den Spielplatz gleich vor Opa und Omas Wohnung. Während wir spielten, hatten Opa und Mutti eine heiße Diskussion.

Oh nein, fängt das jetzt auch schon hier an?

Ich wollte nichts wie weg, ganz weit weg !

Als wir aber hinauf in die Wohnung gingen, war wieder alles friedlich, wie immer bei Opa und Oma.

Nach Ostern und noch bevor Edith und ich wieder mit unseren Großeltern und ihren Freunden nach Italien fuhren, hatte ich noch ein Abenteuer überstanden, das die Großen noch mehr aufgeregt hatte als mich selbst.

Edith und ich waren voraus hinunter, auf den Spielplatz gegangen, um dort auf Mutti und Gerhard zu warten, bis wir zu unseren Großeltern fahren würden. Aber wenig später rief Mutti, aus dem Küchenfenster uns zu, dass wir doch zu Hause bleiben würden. Ich war sehr enttäuscht, hatte ich mich doch schon riesig auf den Besuch bei Opa und Oma gefreut !

Nach einer Weile wollte Edith rauf in die Wohnung gehen. Also läutete ich für sie bei uns in der Wohnung an, da sie noch zu klein war, um die Klingel erreichen zu können. Ich wollte noch unten am Spielplatz bleiben. Ich war da nun ganz allein, wie üblich vormittags, wenn alle anderen Kinder im Kindergarten oder in der Schule waren. Ich setzte mich auf die Schaukel, schaukelte ein wenig, eher lustlos und hing dabei meinen Gedanken nach. Warum gingen eigentlich alle Kinder die älter als drei Jahre alt waren in den Kindergarten oder in die Schule, nur ich und meine Geschwister nicht? Okay, Gerhard war noch fast ein Baby und zu klein für den Kindergarten, aber Edith und ich könnten doch schon in den Kindergarten gehen. Dort sollte es einfach toll sein, so wie die anderen Kinder immer erzählten. Da wurde gespielt, gebastelt, gewandert und gefeiert. Da gab es auch viele Spielsachen und viele Freunde. Vor der Schule ging man da in die Vorschule und man hatte da auch schon Sachen wie in der Schule, wie Stifte, Scheren und Papier auf denen die Kinder auch schon Schreibübungen machten. Warum durften Edith und ich das nun wirklich alles nicht? Das ist doch zu dumm !

Damit wurde mir das Schaukeln auch zu dumm und beschloss doch auch rauf zu gehen.

Also ging ich über die Straße zu unserem Haus und läutete. Nach einer Weile läutete ich wieder, weil noch niemand geöffnet hatte. Als mir auch dann noch niemand öffnete, ging ich doch wieder zurück auf die Schaukel. Ich versuchte noch einige Male anzuläuten, aber ohne Erfolg. Erneut wieder zurück auf der Schaukel, fingen sich meine Gedanken an zu überschlagen.

Warum macht mir denn einfach niemand auf? Sind Mutti und meine Geschwister vielleicht doch noch zu meinen Großeltern gefahren und haben auf mich vergessen?

Das konnte doch nur so sein ! Was sollte ich jetzt tun? Wie war das gleich noch einmal mit dem Weg zu meinen Großeltern? In Gedanken ging ich den Weg dorthin, Schritt für Schritt durch. Sollte ich mich das trauen? Wenn ich es schaffen würde, dann könnte ich ab jetzt öfter alleine zu Opa und Oma fahren ! Was aber, wenn ich es nicht schaffen würde und wieder verloren gehen würde? Dann kann ich immer noch einen Schaffner fragen! Warum sollte ich überhaupt verloren gehen, ich kannte doch den Weg in und auswendig !

Also ging ich noch schnell hinter den Busch und machte mich auf den Weg zum Bus. Bis zum Bus musste ich einige Male eine Straße überqueren. Zwei davon waren sogar sehr rege befahren ! Ein bisschen mulmig war mir nun doch zumute! Ich sah mich um und folgte unauffällig einigen Erwachsenen über diese stark befahrenen Straßen. Auch durch die Unterführung auf der großen Hauptstraße folgte ich den Leuten, denn da unten hatte ich immer Angst, weil es da recht dunkel war.

Als ich dann in den Bus stieg, wollte dort der Schaffner meinen Fahrschein sehen. Ich antwortete, wie sonst auch „ich geh noch nicht in die Schule „. Damit gab sich der Schaffner zufrieden und ich trachtete danach, weit genug von ihm weg, mich unter die Leute zu mischen. Nach einigen Stationen stieg ich wieder, an der üblichen Haltestelle um. Da ich noch nicht wirklich, lesen konnte, musste ich höllisch aufpassen, dass ich auch wirklich den richtigen Bus erwischte, der mich zur nächsten Umsteigstelle bringen sollte.

An dieser Haltestelle war das weniger schwer für mich, da hier nur eine Busnummer keine Bögen in der Nummer hatte und den musste ich nehmen ! Wirklich wahr, ich hatte es geschafft und der Bus brachte mich zu meiner nächsten Umsteigstelle ! Da war es nun nicht mehr so leicht für mich, den richtigen Bus zu erwischen, der mich an mein Ziel bringen sollte.

Eine Weile blieb ich an der Haltestelle stehen und beobachtete alles ganz genau. Die Busse kamen der Reihe nach. Ich konnte mich, einfach nicht genau erinnern, welche die richtige Busnummer sein konnte. Was sollte ich nun machen? Da kam mir der Zufall zur Hilfe.

Eine ältere Dame sprach mich an und fragte mich, wohin ich wollte. Ich bekam es mit der Angst zu tun, denn man sollte mit fremden Menschen sehr vorsichtig sein. So antwortete ich besser nur knapp „zum Opa" und fragte auch sie nur knapp „wo wollen sie hin?" Sie meinte sie wolle nach Aiglhof. Genau dort wohnten auch Opa und Oma ! Ich versteckte mich, damit mich die Frau nicht mehr sehen konnte, aber ich beobachtete die Frau heimlich. Als die Frau sich anschickte in den Bus zu steigen, stieg auch ich ein und mischte mich sofort unter die Leute und schloss mich einer Gruppe Kinder an. Dabei beobachtete ich weiterhin die Frau, von der Haltestelle. Als diese sich zum Aussteigen bereit machte, ging auch ich zu einer Tür im Bus und stieg mit ihr, an der nächsten Haltestelle aus. Beim Aussteigen erblickte mich die Frau auch wieder. Sie war sehr erstaunt mich da wieder zu sehen. Als sie mich neuerlich ansprach grüßte ich freundlich, rannte aber schnell zu der Gruppe Leute, die an der Ampel stand und warte, um über die Straße zu gehen. Die ältere Dame war nicht mehr so rasch auf den Beinen und so erreichte sie die Ampel erst, als ich mit den anderen Leuten die Straße schon überquert und die Ampel bereits wieder umgeschaltet hatte. Nun hatte ich es schon geschafft, denn ab da rannte ich schon regelmäßig allein voraus und läutete selbst in der Wohnung unserer Großeltern an, damit sie mir aufmachen konnten. An dem Tag ignorierte ich lieber meinen Lieblingsbaum, der eine dicke Ausbuchtung hatte, auf der man herrlich klettern konnte. Ich wollte schließlich nicht noch einmal, mit dieser älteren Dame zusammenkommen müssen. Rasch rannte ich den Rest des Weges bis zum Wohnblock, in dem unsere Großeltern wohnten und läutete, wie immer dreimal.

Es dauerte nicht lange, bis es an der Haustür surrte und ich sie aufdrücken konnte. Statt den Lift nahm ich die Treppen, denn Kinder in meinem Alter durften ja noch nicht alleine mit dem Lift fahren !

Opa und Oma wohnten im dritten Stock. Ich konnte die Zahlen noch nicht lesen, aber viele Farben kannte ich schon und so wusste ich, wo der dritte Stock war, denn die Aufzugtüren hatten alle, unterschiedliche Farben. Der dritte Stock war grün. Opa öffnete mir die Tür und ich schloss sie hinter mir brav wieder. Opa meinte, ich solle die Tür für die anderen doch noch offenlassen, erst der Letzte macht die Tür zu. Opa staunte nicht schlecht, als ich erklärte, dass ich allein gekommen bin. Er lachte erst herzlich über meine, immer wieder neuen Ideen. Als aber länger doch niemand mehr kam und ich fragte, wo Mutti und meine Geschwister sind, wurde er doch stutzig, nahm mich an die Hand und ging mit mir vors Haus, um selbst Nachschau zu halten. Opa fragte mich wie ich hier her kam und warum ich überhaupt auf die Idee gekommen war, allein her zu kommen. Er staunte nicht schlecht, als ich ihm erzählte, warum ich allein losgegangen bin. Er konnte es gar nicht fassen, als da wirklich niemand mehr kam und fing fürchterlich zu schimpfen an. Er schimpfte nicht mit mir, sondern äußerte nur laut was er gerade dachte. Wieder zurück in der Wohnung, erzählte er alles erst Oma, der auch vor Staunen erst der Mund offenblieb und dann auch zum Schimpfen begann. Dann griff Opa zum Hörer und rief Mutti an. Ich konnte nach dem Opa wieder aufgelegt hatte, nicht wiedergeben was Opa alles zu Mutti gesagt hatte, aber nett waren die Dinge alle nicht gewesen ! Eines hatte ich nur genau mitbekommen, was mir alles passieren hätte können und Mutti sollte, aber zackig, herkommen !

14. Endlich Sommer

Wenige Wochen später war es mit unserer Langeweile vorbei.

Alle Kinder hatten dann Sommerferien und solange sie nicht irgendwohin auf Urlaub gefahren waren, hielten sich alle Kinder in der Siedlung im Freien auf.

Das bedeutete, dass es von Früh bis spät in der Siedlung rund ging, wenn um die vierzig Kinder ihren Freizeitbeschäftigungen nach gingen.

Wir waren alle nach dem Frühstück sofort unten im Freien. Alle Altersgruppen waren vertrete, von den Kindergartenkindern bis hin zu den Jugendlichen. Nach Hause gingen alle nur zum Essen, wenn wir etwas essen wollten oder mussten, was man nicht mit runternehmen konnte, um „AA" zu gehen oder zum Schlafen. Zum Schlafen gingen wir erst wenn es draußen schon längst dunkel war oder wir vor Müdigkeit schon fast umfielen. „Lulu" gingen wir hinter dem Busch, getrunken wurde von der Wasserleitung, die außen an unserem Wohnblock, eigentlich zum Autowaschen, angebracht war. Wenn wir zwischendurch Hunger hatten, dann läuteten wir zu Hause an, damit uns einer unserer Eltern etwas Essbares runter warfen. Wir spielten in Gruppen Versteinern, wer fürchtet sich vor dem schwarzen Mann, Völkerball, Ball über die Schnur, Verstecken, mit dem Rad spielten wir „Glockenfahren", bauten Hindernisparcours auf, die wir allein oder in Gruppen mit dem Fahrrad zu bewältigen hatten und vieles, vieles mehr. Die Großen passten, ganz automatisch, auf uns kleinere auf. Ich genoss es, endlich nicht mehr die Große und Verantwortliche sein zu müssen und, dass die anderen auch auf mich aufpassten.

Manchmal nahmen uns die Großen auch mit, auf den großen Spielplatz in die Hellbrunner Allee. Dort gab es viele Spielgeräte, einen ordentlichen Ballspielplatz, große Schach- und Mühlespiele und Tischtennistische aus Beton. Wir nahmen unsere Jausen mit. Wasser zum Trinken, gab dort in den öffentlichen WC-Anlagen.

In den Sommerferien, sowie auch einige Male unter dem Jahr, gab es immer einmal eine Sperrmüllsammlung. Das bedeutete, dass Gegenstände für die Entsorgung schon viele Tage vor dem Termin, auf all den gekennzeichneten Plätzen, für die Sammlung deponiert wurden.

Auf diese Termine freuten wir Kinder uns immer ganz besonders, denn die Gegenstände dort waren für uns ein wahres Paradies, um unsere Kreativität so richtig anzuheizen. Wir fanden nicht nur Dinge, die wir einfach noch brauchen konnten. Da waren auch viele Sachen, die wir reparieren, umbauen oder aus vielen Gegenständen, von verschiedenen Sammelplätzen, eine einzige tolle Sache basteln konnten. Vieles fand so einen neuen Besitzer und für die wirkliche Entsorgung, bleib meist gleich viel weniger über !

Noch bevor auch Edith und ich wieder mit Opa und Oma nach Italien, nach Bibione, fuhren hatte ich noch meinen sechsten Geburtstag.

Das war aufregend, denn ich erfuhr, dass ich in ein paar Wochen auch in die Schule kommen würde.

Zu meinem Geburtstag kam Vati-Oma, nach längerer Zeit wieder einmal zu Besuch. Sie brachte wieder eine selbst gebackene Torte mit und ich bekam als Geschenk schon alles was ich für die Schule so brauchen würde. Unter Anderem bekam ich eine rote Lederschultasche, und ein Federpennal aus dem Taschnergeschäft vom Cousin unseres Vaters.

Vati-Oma lud uns diesmal sogar ein, zu einer von unseren Tanten, zu einem Kindergeburtstag, um mitzufeiern. Die Tante wohnte dort in einem großen Zweifamilienhaus mit einem großen Garten. Unsere beiden Cousins dort, hatten jede Menge Spielsachen und sehr viel Platz und

Entspanntheit dazu. Dort konnten wir im Garten mit einem der vielen Kinderfahrzeuge oder im Haus in ihrem Spielzimmer mit Haufenweise Lego oder einer der vielen anderen Dingen spielen. Sie hatten auch schon einige Gesellschaftsspiele, die Erwachsene dort mit uns spielten. Es war dort einfach, eine ganz andere Welt, als die bei uns zu Hause in unseren vier Wänden, wo alles beengt war, kaum Spielmöglichkeiten und wo Angst und Schrecken fast an der Tagesordnung standen.

Da sich unser Vater, bei unseren Tanten, wie üblich sonst auch in der Öffentlichkeit, immer friedlich zeigte, freuten wir uns sehr über diese Einladung.

Die Sache hatte nur einen Hacken für mich. Dort war ich wieder die Älteste ! Ich war somit wieder die Verantwortliche für alle kleineren Kinder ! Wann immer etwas mit einem der kleineren Kinder schief lief, dann wurde ich zur Rechenschaft gezogen ! Außerdem war ich allen immer so und so zu laut und zu ausgelassen ! Eigentlich war das kein Wunder, denn

ich fühlte mich dort eben immer sicher und

befreit !

Erst war noch diese Geburtstagsfeier, dann ein neuerlicher, herrlicher Urlaub mit Opa und Oma und ihren Freunden, Tante Adi und Onkel Franz in Bibione.

15.Hurra Schule !

Dann war der Sommer auch schon wieder vorbei und ich kam in die Schule.

Ich freute mich riesig, denn nun musste ich nicht mehr nur gelangweilt zu Hause herumsitzen und warten, bis die anderen Kinder wieder aus dem Kindergarten und der Schule nach Hause kamen. Nun durfte ich auch, so wie alle anderen Kinder auch, in die Schule gehen !

Leider dauerte diese Freude nicht sehr lange !

Ich genoss aber erst einmal meinen ersten Schultag. Mit einer riesigen Schultüte, natürlich von Opa und Oma spendiert, ging ich das aller erste Mal in die Schule. Ich war so stolz und natürlich mächtig aufgeregt. Jedes Kind durfte sich erst einmal selbst einen Platz aussuchen. Nach der Willkommensrede unserer Klassenlehrerin, gingen dann alle Kinder und ihre Begleitung gemeinsam in die nahegelegene Kirche zum Gottesdienst anlässlich des Schulbeginns. Nach dem Gottesdienst ging es wieder zurück in die Klassen und nur wir Kinder allein, ohne Begleitung unserer Familien, hatten gleich unsere allererste

Schulstunde. Nach einer Vorstellungsrunde und einen kurzen Ausblick, durch unsere Lehrerin, auf den nächsten Tag war die erste Stunde Unterricht auch schon vorbei. Als erste Aufgabe hatten wir, einen Zettel unseren Eltern zu übergeben und unsere Schultasche am nächsten Tag mitzubringen.

In den folgenden Tagen hatten wir täglich eine Stunde länger Unterricht, um uns einzugewöhnen. Ab der zweiten Woche hatten wir dann schon unseren regulären Unterricht. In der Zeit bekamen wir alle Lernmaterialien und unsere Eltern bekamen immer wieder neue Einkaufslisten, was sie für uns zu besorgen hatten.

Meine Einkaufslisten sorgten neuerlich für Zündstoff bei uns zu Hause, denn unser Vater wollte verschiedene Dinge einfach nicht besorgen, weil er der Meinung war, dass dies und das zu teuer sei und billiger zu haben wäre oder erst gar nicht nötig sei.

Somit hatte ich gleich einmal meine ersten Konfrontationen mit meiner, ohnehin sehr strengen, alten und damit auch höchst nervösen Lehrerin.

Ich kam damit gleich in den ersten Tagen, in den Genuss ihre Leidenschaft, uns Kinder anzuschreien.

Außerdem wurde mein Vater, daraufhin natürlich von unserer Lehrerin, zu einem Gespräch vorgeladen. Dieses Gespräch wurde von unserer Lehrerin lautstark vor der Klasse durchgeführt.

Alle Kinder in meiner Klasse tuschelten und kicherten über das Auftreten meines Vaters. Ich hätte mich am liebsten in Luft aufgelöst.

Das war der Beginn, von einer Lawine unangenehmer Situationen, in die ich in meine Volks- und Hauptschulzeit noch geraten sollte !

Das nächste riesige Problem, das sich mir auftat, war, dass ich überhaupt nicht mitkam im Unterricht und heillos überfordert war, mit dem was in der Schule von mir verlangt wurde !

Ich und noch ein Bub aus der Klasse waren die Einzigen, die weder in einen Kindergarten noch in eine Vorschule gegangen sind. Rudi hieß der Bub. Weder er noch ich wussten, wie wir einen Stift richtig halten sollten, geschweige wie man einen Kreis oder einen geraden Strich machte. Auch eine Schere hatten wir bis dahin noch nie in der Hand gehabt.

Rudi und ich schwitzten Blut, bis wir auch nur eine Zeile mehr schlecht als recht fertig hatten, während die anderen der Klasse schon mit einer Seite fertig waren und bereits an einer neuen Aufgabe arbeiteten.

Anfangs zeigte sich unsere Lehrerin mit mir und Rudi sehr verständnisvoll und geduldig. Wir beide bekamen von unserer Lehrerin zusätzliche Aufgaben, um mit unseren Eltern zu üben, als Hausaufgaben.

Rudi wurde rasch besser und war bald fast so schnell wie die anderen in der Klasse, aber ich machte kaum Fortschritte. Ich zeigte zwar meinen Eltern was mir die Lehrerin für sie täglich mit gab, aber meist wurde darauf vergessen oder das Üben endete in einem neuerlichen Fiasko. Es war auch ein Problem einen geeigneten sauberen Platz für meine Hausaufgaben zu finden, denn bei uns war immer alles vollgeräumt und nicht unbedingt sauber. Dazu kam, dass meine kleineren Geschwister überall dran waren. Auch Gerhard war unterdessen schon auf den Beinen in der Wohnung unterwegs. Einige Male erwischte einer meiner Geschwister meine Schulsachen und bekritzelten oder zerrissen sie.

Aus diesen Gründen ging ich oft ohne meine Hausaufgaben in die Schule, was mir neuerlichen Ärger mit meiner Lehrerin einbrachte und in weiterer Folge wieder Ärger mit meinen Eltern.

Ich war in einem Teufelskreis, aus dem ich nicht wusste, wie ich da wieder herauskommen sollte, denn ich wollte ja selbst unbedingt alles ordentlich erledige, aber die Umstände bei uns zu Hause hinderten mich einfach daran.

Schon wenige Wochen, nach meinem ersten Schultag musste ich nicht nur allein in die Schule gehen, wie alle anderen meiner Klasse auch, sondern musste mir auch selbst die Milch am Herd wärmen und was zum Essen finden, wenn ich vor der Schule noch frühstücken wollte. Wenn ich Glück hatte, dann durfte ich mir was zur Jause in der Schule vom Buffet kaufen oder ich hatte eben keine Jause, wenn ich mir nicht selbst irgendetwas gefunden hatte, um es mitnehmen zu können. Meiner Mutter war es einfach zu früh, um mit mir aufzustehen und wollte mit meinen Geschwistern noch schlafen.

Diese Situation sollte sich bis zum Ende meine Pflichtschulzeit auch nicht mehr ändern.

Nach einigen aufregenden und für mich zermürbenden Wochen in der Schule, kam es wie es kommen musste. Ich bekam nacheinander alle Kinderkrankheiten, die es so gab, die meine Mitschüler natürlich längst im Kindergarten durchgemacht hatten und nun kerngesund blieben.

Schließlich sammelte ich so viele Abwesenheitstage, dass Mutti in die Schule kommen musste und ihr klargemacht wurde, dass ich die Klasse wiederholen müsste, wenn ich in dem Schuljahr noch mehr als zwei Tage fehlen würde ! Natürlich trugen meine vielen Abwesenheiten nicht dazu bei, meinen Lernfortschritt zu unterstützen. Ich wurde daher mit „gut" allgemein benotet, denn etwas Schlechteres gab es in der ersten Klasse ohnehin nicht.

16. Alptraum Schule

Meine Pflichtschulzeit war für mich ein einziger Alptraum.

Ich durfte absolut nichts was meine Mitschüler hatten oder unternahmen, war ungepflegt, hatte meine Schulsachen nur selten in Ordnung, war unvorbereitet bei jedem Test, hatte kaum eine Hausaufgabe. Dazu hatten meine Geschwister und ich den Ruf aus einer schlechten Familie zu kommen, da genug Bescheid wussten, wie es bei uns zu Hause zuging und wie unhygienisch es bei uns aussah.

Damit wurde ich natürlich, aus jeder Klassengemeinschaft ausgeschlossen, denn die Eltern der Mitschüler wollten natürlich nicht, dass ihre Kinder mit solchen Leuten Kontakt pflegten.

Daraus resultierte, dass ich keinerlei Freunde in der Schule hatte, gemobbt wurde, wo es nur ging und dadurch immer wieder mit psychosomatischen Erscheinungen im Spital landete.

Es wurde aber jedes Mal sofort, in allen Belangen in der Schule und gesundheitlich mit mir und auch später mit meinen Geschwistern besser, als Mutti zweimal Gebärmutter operiert wurde und sich anschließend noch für Wochen erholen musste und danach immer auf Kur war.

Dafür waren wir Kinder, jeweils für Wochen bei Opa und Oma. Wir blühten da jedes Mal förmlich auf. Wir waren sauber gekleidet, hatten ein ordentliches Frühstück, das ich nicht selbst machen musste und gesunde Jause mit in der Schule, hatten unsere Aufgaben und Schulsachen ordentlich beisammen und waren für unsere Prüfungen entsprechend vorbereitet. Bei Opa und Oma war es entspannt und wir hatten Ruhe und einen sauberen Platz für unsere Schulsachen. Alles war ordentlich auf seinem Platz. Es störte keinen von uns Kindern, dass wir dafür quer durch Salzburg in die Schule und danach wieder nach Hause fahren mussten !

Unsere Noten besserten sich in der Zeit immer schlagartig !

Leider gingen diese Zeiten jedes Mal viel zu rasch vorbei !

Opa und Oma waren auch unglücklich darüber, aber sie waren schon zu alt und fühlten sich nicht mehr fit genug, um ums ganz übernehmen zu können, obwohl Opa immer meinte, dass wir ohnehin brave Kinder waren, die wenig Arbeit machten.

Zu Hause bei unseren Eltern ging es, natürlich jedes Mal sofort wieder im alten Trott weiter.

Wir waren wieder schmutzig und hatten unsere Schulsachen nie ordentlich.

Ich musste in der Hauptschule so oft, wegen nicht erledigen meiner Hausübungen nachsitzen, dass meine Mutter dachte, es wäre mein regulärer Stundenplan. Wenn ich vereinzelt einmal doch regulär nach Hause gehen durfte, dann trieb ich mich die Stunde irgendwo herum, bevor ich nach Hause ging, damit es nicht auffiel, um mir zu Hause neuerlichen Ärger zu ersparen.

Als ich mich in der Hauptschule recht rasch zu entwickeln begann, wurde es noch ein wenig schlimmer für mich.

Wir durften nur selten duschen und zu dem verbot mir unser Vater ein Deo zu verwenden und bekam daher von der Klasse den Spitznamen „Stinkerin"!

Zu Hause eskalierte es immer mehr. Auch unsere Mutter fing schließlich an uns zu bedrohen.

Sie wollte uns in ein Erziehungsheim stecken, wenn wir nicht folgen würden!

Was war das nun wieder?

Opa erklärte mir, dass er selbst als Waisenkind in einem Heim aufgewachsen ist. Nur wirklich, schlimme Kinder kamen in ein Erziehungsheim, aber wir wären doch ganz sicher keine solch schlimmen Kinder !

Beim nächsten Besuch bei Opa und Oma wurde Opa mit Mutti dann sehr laut.

Zu den diversen Anlässen bekam ich dann immer wieder Mädchenbücher geschenkt, worin es sich auch um Mädchen handelte, die in einem Internat zur Schule gingen und nur in den Ferien zu Hause waren.

Ich las diese Bücher mit Begeisterung und sog alle Einzelheiten über das Leben in einem Internat geradezu in mich auf.

Von da an wollte ich nur noch eines, ich wollte in ein Internat und das so rasch als nur irgendwie möglich !

An einem warmen Sommertag, nach einer neuerlichen Eskalation mit unserem Vater zu Hause, flüchteten Mutti, meine Geschwister und ich in die nahe Hellbrunner Allee.

Völlig verstört ließen wir uns schließlich auf einer der Bänke dort nieder. Keiner sagte auch nur ein Wort.

Unser Vater hatte ernsthaft gedroht uns alle umzubringen !

Meine Gedanken überschlugen sich ! Keine Ahnung, wie lange wir so dasaßen, als ich schließlich etwas ruhiger wurde und anfing, klarer zu denken.

So konnte es nicht mehr weiter gehen ! Wir mussten da weg und das schnell !

Ich teilte meine Gedanken Mutti mit. Sie wirkte wie erstarrt und sagte nur tonlos „das geht nicht, wie soll das gehen mit euch Kindern, er wird uns finden …. „

Das musste und würde doch gehen entgegnete ich ihr. Wir würden untertauchen, wir Kinder gingen nun schon alle in die Schule und so könne Mutti doch auch wieder arbeiten, so wie fast alle anderen Mütter in der Schule auch ! Wir könnten auch Opa und Oma mit in unser Versteck nehmen …….

Daraus wurde leider nichts denn Mutti wollte nicht. Sie wollte einfach nicht, wollte einfach nicht wieder arbeiten gehen !

Bald darauf trafen wir Muttis Freundin, Renate wieder mit ihren Kindern Manfred und Angelika.

Natürlich besprachen die beiden Mütter ihre Beziehungsprobleme, wie üblich. Renate war schon so gut wie geschieden und die schlimmsten Probleme damit schon ausgestanden.

Auch Renate riet Mutti, das Gleiche zu tun, doch auch zu ihr sagte Mutti, dass sie nicht mehr arbeiten wolle und eben auf eine Naturlösung warten würde.

Manfred und ich entfernten uns darauf hin ein wenig und besprachen, nach langem wieder einmal, unsere Geheimpläne Amerika und Australien.

Dabei bekam ich auch die Idee selbst Geld zu verdienen, denn auch darüber hatte ich in den Büchern über die Internate gelesen. Darin besserten sich die Mädchen ihr Taschengeld mit kleinen Gelegenheitsjobs auf. Ich bekam kein regelmäßiges Taschengeld, wie alle anderen in der Schule, denn das konnten sich meine Eltern nicht leisten. Unser Vater war schließlich

Alleinverdiener ! Nur von unseren Großeltern bekamen wir manchmal zwischendurch oder zu Anlässen etwas Geld fürs Sparschwein und manchmal durften wir uns auch etwas darum kaufen.

Also würde ich mir selbst etwas verdienen. Ich würde die Mütter am Spielplatz fragen, ob sie manchmal einen Babysitter brauchen würden und auf ihre Babys und auf kleine Kinder für Geld aufpassen. Schließlich hatte ich, durch meine Geschwister, seit Jahren Übung darin !

Damit könnte ich mir nicht nur Kleinigkeiten kaufen, was andere in der Klasse hatten, aber ich von meinen Eltern nicht bekam und auch schneller genug Geld zusammen haben, um mir später ein Flugticket nach Australien kaufen zu können !

Auch Manfred wollte sich nun was verdienen, indem er für die Nachbarin einkaufen ging und bei einigen Dingen helfen, womit sie sich schon überfordert fühlte, um schneller nach Amerika gehen zu können!

Manfred staunte auch nicht schlecht über mein Vorhaben, bis ich nach Australien gehen könnte, in ein Internat zu gehen !

So bald Mutti mich wieder in ein Erziehungsheim stecken wollte, würde ich ihr das mit meinem Wunsch in ein Internat zu gehen, auch sagen.

Bald hatte ich auch schon die Gelegenheit dafür !

Nach der Morddrohung unseres Vaters gegen uns, herrschte bei uns zu Hause natürlich nur noch Hochspannung ! Es brauchte nur eine Kleinigkeit und schon kam es zur nächsten Explosion ! Mutti ging nun auch immer öfter und immer ärger selbst auf uns Kinder los und wollte uns in ein Heim stecken ! Als es damit wieder einmal zu arg wurde, schrie ich verzweifelt weinend „ich halte das hier einfach nicht mehr aus, steck mich doch in ein Heim, ich will ohnehin in ein Internat!" Mutti starrte mich entgeistert an, dann zeigte sie zu Tür und schrie „geh!" Ich riss die Tür auf und stürmte davon.

Später wieder in der Allee mit Renate und uns fünf Kindern hörte ich unfreiwillig das Gespräch zwischen Renate und Mutti.

Noch heute wünsche ich mir ich hätte es nie hören müssen!

Mutti gestand Renate, dass sie uns drei Kinder am liebsten umbringen würde....! Mir gefror das Blut in meinen Adern! Renate zeigte sich genauso schockiert und meinte, wenn sie so etwas über unseren Vater sagen würde, dann könnte sie das verstehen, aber doch nicht über unschuldige Kinder!

Nach dem ich das gehört hatte, rannte ich davon. Manfred folgte mir. Er hatte es nicht gehört, wusste aber, dass da was im Busch sein musste.

Mir rauchte der Kopf. Was nun?

Nicht einmal Manfred würde mir glauben, was ich gerade gehört hatte!

Da fragte er mich auch schon was los sei. Ich sagte nur „das glaubst du mir nie, ich muss schauen, dass wir so schnell wie möglich in ein Internat kommen" Er starrte mich an und hielt es sichtlich nur für ein Spiel.

Schon am nächsten Nachmittag kam es bei uns zur nächsten Explosion !

Gerhard und ich saßen in der Küche beim Tisch und aßen Kompott, als unser Vater dazu kam. Vermutlich als Schreck fiel Gerhard sein Löfferl aus der Hand und landete klirrend am Fliesenboden, worauf mein Vater sofort auf Gerhard los ging.

Als ich unseren Vater reflektorisch beschwichtigen wollte und sagte „er hat es nicht mit Absicht gemacht, er ist ja noch klein", ergriff unser Vater mich, hob mich hoch und schleuderte mich mit voller Wucht auf den Fliesenboden im Vorzimmer. Ich landete auf beiden Knien und konnte im ersten Moment gar nicht mehr aufstehen, vor Schmerzen. Als er sich wieder auf mich stürzen wollte schoss mir das Adrenalin förmlich durch alle Adern, die Schmerzen verflogen und ich baute mich vor ihm, in ganzer Größe auf und schrie aus der tiefsten Tiefe meiner Seele „bring mich um, bitte bring mich um !" Daraufhin herrschte sekundenlang Totenstille in der ganzen Wohnung und alle waren wie versteinert. Ich fing mich als erster wieder, drehte mich blitzartig zur Eingangstür, riss sie auf und rannte so schnell ich nur konnte. Ich rannte und rannte, ohne mich umzudrehen oder nach links oder rechts zu schauen !

Irgendwann verließen mich meine Kräfte und ich wurde langsamer und langsamer. Schließlich fand ich mich am Ufer, in der Hellbrunner Allee, beim oberen Bach wieder. Ich ließ mich ins Gras fallen. Erst da spürte ich wie sehr mir meine beiden Knie schmerzten und begann bitterlich zu weinen. Ich weinte dort sicher stundenlang. Was hatte ich zu meinem Vater gesagt?

Er soll mich doch umbringen!

Ja tot sein, nichts mehr spüren, nichts mehr wissen ….. !

17. Hilfe von drüben

Plötzlich war mir als würde ich zu träumen
beginnen, obwohl ich immer nur noch weiter
weinte.

Da war plötzlich etwas, das mich tröstete und mich
zum Zuhören brachte. Ich erhielt Zuspruch und
wurde ermutigt noch ein wenig durchzuhalten
halten. Ich sei doch die tapfere Ulli und es würde
sich in kürzester Zeit vieles zum Guten wenden. Ich
würde Freunde finden, die mir helfen würden, in
ein Internat zu kommen und alles würde besser
werden. Alle sehen, wie tapfer ich bisher war, ich
sollte mich jetzt eine Weile auf den weichen Sand
im Bach knien. Das würde meine Schmerzen
lindern und vieles mehr.

Es war offenbar meine erste Nachricht von den
Körperlosen, seit ich ein Säugling war !

Langsam kam ich wieder zu mir. Ich starrte in den
Bach und sah da wirklich eine Stelle, die feinen
weichen Sand hatte.

So tat ich wie mir geheißen. Als mir im Wasser zu kalt wurde, stieg ich aus dem Wasser und machte mich ganz langsam auf den Heimweg. Es war schon längst finster als ich zu Hause anläutete.

Alle schauten mich nur fragend an, aber niemand erwähnte auch nur ein Wort, von dem was hier nachmittags vorgefallen war. Nur meine beiden, bereits sich dunkelblau verfärbenden, angeschwollenen Knie bestätigten, dass es nicht nur ein böser Traum war.

Von da an, waren wir kaum noch zu Hause. Wir waren entweder in der Schule, bei Renate oder mit ihr unterwegs oder bei meinen Großeltern.

Mit Renate war es auch immer nett. Sie war so alt wie Muttis Bruder Leo und hatte daher auch noch immer so viel Blödsinn im Kopf wie er, war aber doch reifer als er. Sie hatte in ihrem Leben auch schon viel mitmachen müssen. Die bevorstehende Scheidung und die beiden Kinder, die sie schon sehr jung bekam, hatten sie reifen und bodenständig werden lassen. Diese Tatsachen haben aber ihrem Humor sichtlich keinen Abbruch getan. Wir feierten mit ihr Feste, wie sie gerade fielen, machten unzählige Ausflüge und machten es uns bei ihr gemütlich. Mit ihr konnte ich auch herrlich über alles reden, denn niemand wusste so gut über unser Zuhause Bescheid, wie sie. Sie hatte schließlich genug Beweise selbst miterlebt. Andere würden mir das alles ohnehin nicht glauben ! Nur, wirklich etwas ändern konnte sie nicht, da Mutti anscheinend, egal wie schlimm es auch für uns alle war, nichts ändern wollte ! Renate redete oft auf Mutti ein, wie auf eine kranke Kuh, aber es half einfach nichts.

So blieb nur der gute alte Galgenhumor, um einigermaßen mit der Situation zurecht zu kommen.

Opa und Oma wurden über die Situation zu Hause auch eingeweiht, aber auch sie konnten Mutti nicht dazu bringen wieder arbeiten zu gehen. Opa erklärte uns Kindern auch, warum das mit dem Arbeiten gehen von Mutti sicher nicht funktionieren würde.

Opa meinte, dass Mutti schon als Kind, nur das „Leischn und Glitzer, Glitzer" im Sinn hatte und zu nichts zu gebrauchen war.

Sie wollte nicht im Haushalt helfen und auch in der Schule bis hin zur Lehre, wollte sie nicht lernen und hatte nur Unsinn im Kopf. Mutti wäre bis zu ihrem siebten Geburtstag vorwiegend bei ihrer Oma aufgewachsen, weil Oma arbeiten musste und Opa in Russland in Gefangenschaft war. Mutti wurde von ihrer Oma völlig verwöhnt und als Opa aus dem Krieg zurückkam, war er ein Fremder in der Familie geworden und konnte an der Erziehung von

Mutti nicht mehr viel ändern. Später blieb Mutti bei den vielen Jobs, die Opa ihr so verschafft hatte nirgends lange, weil sie überall nur eine fertige Arbeit haben wollte. Daher würde es nicht funktionieren, dass Mutti uns drei Kinder ernähren könnte.

Damit war das Tema Flucht und untertauchen endgültig vom Tisch und die Verzweiflung von uns Kindern nur noch größer. Meine Geschwister waren jünger als ich und jeder von uns Kindern entwickelte somit seine eigene Bewältigungsstrategie.

Es wurde beschlossen, dass wir Kinder von nun an vermehrt bei unseren Großeltern sein würden um uns, so weit wie möglich, aus der Situation rausholen zu können, mit jeweils situationsbezogenen spontanen Lösungen. Außerdem würden wir nicht mehr auf Hali-Gali-Urlaub nach Italien fahren, sondern irgendwo aufs Land, damit wir Kinder zur Ruhe kommen könnten.

Leo, Muttis Bruder, war erst mit seiner Freundin, Melitta von unseren Großeltern ausgezogen und so war ihr Zimmer nun für uns Kinder frei. Damit war es nun leichter, uns Kinder immer wieder übernachten zu lassen.

Oma arbeitete zu der Zeit immer noch Vollzeit im Kurhaus als Heilmasseurin und so konnten wir

immer nur zeitweise zu unseren Großeltern
kommen.

So kam es, dass vor allem ich dieses Angebot in
Anspruch nahm oder nehmen musste, denn auf
mich hatte sich unser Vater, neben meiner Mutter,
am meisten mit seiner Gewalttätigkeit
eingeschossen.

Opa meinte dazu meist „das Dirndl ist eine sehr
starke Persönlichkeit und einfach zu schlau, dafür
ist sie ihm ein besonderer Dorn im Auge, wir
müssen sie schützen sonst gibt es noch Tote"

Bei der Gelegenheit lernte Oma mir und später
auch Edith, auf Wunsch von Opa, alles was man so
im Haushaushalt wissen und können musste. Opa
meinte zu Oma dazu „Mutti lern den Dirndln alles
was sie später im Haushalt brauchen werden, denn
von Roberta werden sie das sicher nie lernen !"

Es machte mir Spaß all das zu lernen und sog alles
wie ein Schwamm auf, denn mir war klar, dass
diese Dinge zu können für mich einmal im Leben
sehr wichtig sein würden.

Ich begann damit auch bei uns zu Hause immer
mehr im Haushalt zu übernehmen. Wenn immer
ich die Gelegenheit hatte allein zu Hause zu sein,
machte ich zu Hause gründlich. Ich putzte wie
verrückt, saugte und schrubbte und begann auch in
den Kästen Ordnung zu schaffen. Als Mutti dann

nach Hause kam rastete sie, zu meinem Erstaunen und Entsetzen, statt einem Lob, völlig aus ! Sie riss alles, was ich feinsäuberlich zusammengelegt hatte, wie Oma es mir erst gelernt hatte, wieder aus den Kästen und schrie mich an !

„Du brauchst nicht glauben, dass du mir hier mit dem Putzfimmel meiner Mutter anfangen kannst !"

Ich war davon völlig schockiert und wie vor den Kopf gestoßen ! Ich verstand Mutti und die Welt, in dem Moment nicht mehr !

Zum Glück waren bald Sommerferien und wir Kinder fuhren wieder mit Opa und Oma auf

Urlaub !

Oma hatte in ihrer Arbeit, im Kurhaus eine Stammkundin, mit der sie auch schon gelegentlich privates austauschte. Als Oma dieser Kundin erzählte, dass sie diesmal, statt nach Italien aufs Land auf Urlaub fahren wollten, aber noch nicht wussten, wohin bekam Oma von dieser Kundin die Adresse, von ihren Verwandten, auf einem Bergbauernhof in Kärnten.

18. Muh statt Halli-Galli

Also ging es dann eines Tages wirklich auf diesen Bergbauernhof nach Kärnten, statt nach Italien ans Meer !

Wir Kinder waren davon nicht sehr begeistert. Auf eine langweilige Alm sollte es gehen und noch dazu gleich drei Wochen ! Drei Wochen Italien wäre einfach wunderbar gewesen, aber auf einer Alm würde es ja fürchterlich langweilig sein, wenigstens ein Pool würde es dort geben !

Alles war komplett neu für uns, und völlig anders als gewohnt.

Es begann schon mit der Anreise dort hin. Wir fuhren nicht, wie üblich mit dem Bus oder mit dem Auto, sondern fuhren mit dem Zug bis St. Veit an der Glan. Dort wurden wir vom Jungbauern Edi mit dem Auto abgeholt.

Edi war ein junger, ausgesprochen fescher, blonder, blauäugiger Mann. Er war dazu groß, sportlich, humorvoll und durch und durch ein „Sunny Boy", den keine Frau so schnell von der Bettkannte stoßen würde. Selbst mich, mit meinen zwölf Jahren, faszinierte er auf Anhieb, obwohl ich bis dahin am männlichen Geschlecht, noch keinerlei besonderes Interesse gehabt hatte !

Mit seinem Auto ging es immer weiter und höher hinauf und immer weiter weg von der Zivilisation. Es ging vorbei an Almen mit Kühen und immer wieder durch Wälder, bis wir schließlich unser Ziel erreicht hatten.

Alle am Hof stürmten herbei, um uns zu begrüßen. Da waren die eineiigen Zwillinge Rudi und Walter, Edis Schwester Alma, seine Nichte Toni und die Eltern von Edi, Herr und Frau Graser.

Der Bauernhof bestand aus einem großen Wohnhaus mit zahlreichen Blumentrögen, nebenan war ein großer Obst und Gemüsegarten, davor ein Ziehbrunnen, weiter unten war noch ein zweistöckiges Wohnhaus im Rohbau, dazu ein Geräte Schuppen der auch als Holzlager und Garage diente, ein großer Stall für Rinder, Schweine und Hühner und darüber mit einer riesigen Scheune. Hinter dem Stall war ein riesiger Misthaufen, der seinen Geruch bis ins Wohnhaus versprühte.

Das versprochene Pool würde sich am Bach etwas entfernt befinden, aber der Zeit leider kaputt sein und im Moment nicht benützbar !

Was, der Pool nicht benützbar? Was, bitte schön sollten wir hier tun, ohne Pool?

Nach der Begrüßung wurden wir über eine knarrende Holztreppe, in unser großes Familienzimmer geführt. Es hatte ein Doppelbett und drei Einzelbetten für uns Kinder und es hatte einen Holzbalkon mit herrlicher Aussicht, hügelige Landschaft mit Feldern, Wälder, und einem kleinen Dorf mit einer Kirche.

Bald nach unserer Ankunft gab es Mittagessen in der Gaststube. Wir waren die einzigen Gäste, die Vollpension hatten. Alle anderen Gäste hatten Autos und waren daher unter Tags kaum am Hof. Sie waren auf den Seen, auf den zahlreichen Wandergelegenheiten und Sehenswürdigkeiten unterwegs.

Nach einem zünftigen, typisch Kärntnerischen Mittagessen, begannen wir die nähere Umgebung zu erkunden.

Natürlich wollten wir als aller erstes den Pool sehen. Die Zwillinge des Hauses führten uns dort hin. Wir mussten erst die Auffahrt hinunter gehen und dann in eine Kuhweide. Da war auch schon der Bach und das unbenützbare Pool !

So wie es aussah würde es auch wohl nie mehr benützbar sein ! Es waren nur zwei Betonwände, die das Wasser vom Bach aufstauen sollten, mit einem breiten Riss von oben nach unten.

Die nächste Schwimmgelegenheit war das öffentliche Schwimmbad in St. Veit und er Bus dorthin fuhr nur dreimal am Tag, von der Kreuzung zu dem Dorf, das wir von unserem Balkon aus sehen konnten. Na, bravo, schöne Aussichten !

Dann begann es auch noch zu regnen ! So gingen wir auf unser Zimmer und spielten mit Oma und Opa Karten. Opa lernte uns Rummy zu spielen. Zum Abendessen gab es eine Kärntner Brettljause im Gastzimmer, wo wir auch die anderen Sommergäste des Hauses kennenlernten.

Alle gingen sehr bald nach dem Essen wieder auf ihre Zimmer. Es regnete immer noch und auch am nächsten Tag war Schlechtwetter gemeldet. Was für ein Vergleich zu unseren üblichen Badeurlauben in Bibione in Italien !

Als es schließlich deshalb sehr bald hieß „Zähneputzen und ins Bett" hielten meine Geschwister und ich im dunklen Bad eine Krisensitzung. Das Bad war auch eine riesige Katastrophe! Es war das einzige Bad für alle Gäste des Hauses und auch das einzige WC für alle Gäste war hier untergebracht. Dazu gab es hier ein Waschbecken und eine Badewanne, die an einem freistehenden Wasserboiler angeschlossen war, unter dem sich ein mit Holz beheizbarer Ofen befand. Die Badezimmertür war, an der oberen Hälfte aus geripptem Milchglas und sonst aus altem bunt lackiertem Holz. Wenn man warm duschen oder baden wollte musste man erst das Wasser im Boiler dafür mit Holz aufheizen !

Wir drei Kinder kauerten am Rand der Badewanne und überlegten, was wir unternehmen konnten, um uns aus dieser traurigen Lage zu befreien, doch keinem von uns viel auch nur irgendetwas ein. Also putzten wir brav unsere Zähne und gingen ins Bett.

Am nächsten Morgen, nach einem ausgedehnten Frühstück, machten wir während einer Regenpause einen kleinen Spaziergang rund um den Hof. Es war eigentlich, eine ganz nette Gegend, wenn es nur nicht so unfreundlich nasskalt gewesen wäre!

Als es von der Kirche, aus dem Dorf her zwölf läutete, gingen wir zu unserem Mittagessen in die Gaststube. Weil es schon wieder regnete, spielten wir wieder Rummy in unserem Zimmer, bis Alma an unser Zimmertür klopfte. Sie lud uns ein doch lieber unten, in der Gaststube zu spielen, wo mehr Platz war und vielleicht Kaffee und Kuchen zu uns zu nehmen.

Wegen dem schlechten Wetter waren auch andere Gäste an dem Nachmittag am Hof und spielten und plauderten auch in der Gaststube. Es waren auch

andere Kinder dabei und so wurde es rasch
gemütlicher und für uns Kinder sogar lustig.

Als Edi später in den Stall ging, um die Kühe zu
melken schickte er Rudi und Walter, um uns Kinder
auch in den Stall zu holen und ihm bei der Arbeit
zuzuschauen und die Tiere alle kennenzulernen.

Na, das war doch schon einmal was anderes und
die Langeweile war fürs Erste einmal vergessen !

In den folgenden Tagen lernten wir so immer mehr
von Haus, Hof, Stall, Weiden und Wälder kennen.
Wir Kinder begannen auch schon einmal
mitzuhelfen die Tiere zu füttern und auszumisten.
Wir durften manchmal am Traktor und im
Heuwagen mitfahren und am Ackergaul reiten.
Auch am riesigen Heuboden hatten wir mit den
anderen Kindern unseren Spaß. Bald halfen wir
auch die Kühe abends von der Weide in den Stall zu
treiben. Holten frisch gelegte Eier aus den Nestern.
Beobachten die Geburt junger Ferkel und sahen
einer Kuh beim Kalben zu und durften sogar beim
Ziehen helfen, um das Kalb auf die Welt zu

holen ! Wir gingen in den Wald und fanden dort
Heidelbeeren, Walderdbeere, Eierschwammerl,
Herrenpilze und riesige Parasol, die uns dann die
Bäuerin oder Alma in der riesigen Bauernküche
zubereiteten. Der Herd war noch ein sehr alter und
noch mit Holz zu beheizen ! Das war für uns Kinder

auch eine spannende Sache, denn so was hatten wir bisher noch nie in natura zu sehen bekommen.

Wir lernten die Kinder aller Gäste kennen und auch die Kinder und Jugendlichen aus den umliegenden Dörfern. Wir schlossen Freundschaften, die noch über Jahre halten sollten.

Zusammen spielten wir diverse Gesellschaftsspiele, Tischtennis hinter dem Haus bis oft spät in die Nacht. Mit unseren Großeltern machten wir Ausflüge in der Umgebung oder fuhren mit einem der wenigen Busse nach St.Veit, um uns dort die Stadt anzuschauen oder fuhren von da, weiter mit Bus oder Bahn, um uns Sehenswürdigkeiten anzuschauen oder an einem See schwimmen zu gehen. Wir besuchten zu meinem Geburtstag das Burgfest in der Nähe, wo wir ganz nebenbei einfach am Tanzboden, mit der Jugend aus der Umgebung, Walzer, Polka und Fox tanzen lernten.

Von Langeweile war keine Spur mehr. Wir Hatten Spiel Spaß und Abenteuer ohne Ende.

Von da an ging es jedes Jahr, in den Sommerferien auf diesen Bergbauernhof, drei Wochen auf Urlaub und wir Kinder freuten uns auf diese Urlaube dort fast noch mehr, als wir es mit unseren Italienurlauben davor taten.

Ich hatte dort auch meine allerersten platonischen romantischen Abenteuer mit einem Jungen namens Horsti. Er war ein Riese mit zweimeterzehn, hatte dunkle Haare und braune Augen und umschwärmte mich für Jahre. Er hatte schon ein Mofa, denn er arbeitete schon als Briefträger, in St. Veit !

Immer wenn wir auf diesem Bauernhof waren, war er auch jeden Abend da !

Eines Tages war dann statt Edis Nichte Toni, Christine am Hof, die statt Toni in der Küche half, um die Gäste zu bewirten. Toni konnte nicht mehr, da sie mit der Krankenpflegeschule in Klagenfurt begonnen hatte. Das war eine Nachricht, die mich fast vom Hocker warf !

Wollte ich doch auch später in die Krankenpflegeschule gehen !

Toni kam ein paar Tage später zu Besuch. Am Nachmittag, als auch Christine frei hatte und alle Gäste unterwegs waren oder ein Mittagschläfchen hielten gingen wir Kinder alle runter zum Bach. Toni und ich suchten uns dort einen Platz zum Plaudern. Unter einigen Bäumen setzten wir uns auf Steine in den Schatten. Die anderen waren im Bach schwer beschäftigt um, zum wiederholten Mal einen Staudamm zu bauen. Keiner von ihnen interessierte sich was wir plauderten.

Ich musste erst gar nicht viel fragen. Toni erzählte von selbst sofort und begeistert von ihrer, erst begonnenen neuen Ausbildung an der Krankenpflegeschule in Klagenfurt. Ich war erstaunt, dass sie in Klagenfurt schon jetzt, mit ihren erst fünfzehn Jahren, diese Ausbildung beginnen konnte. Ich hatte in Salzburg auch bereits Erkundigungen wegen Krankenpflegeausbildung eingeholt und wusste daher, dass dies in Salzburg erst mit siebzehn möglich war und dass man vorher dafür die Haushaltungsschule am Annahof, nach dem Polytechnischen Lehrgang besuchen musste. Toni jedoch hatte nur „das Poly" gemacht und ging schon in die Krankenpflegeschule ! Wie war das nur möglich? Wie schaffte sie es zu dem so weit, täglich bis Klagenfurt zur Schule zu fahren?

Toni meinte, in Klagenfurt geht man vier Jahre in Krankenpflegeschule und nicht nur drei, wie in Salzburg und beginnt eben gleich nach „dem Poly" und sie ist in Klagenfurt unter der Woche im Internat und fährt nur an den Wochenenden heim. Dazu bekam sie Taschengeld von der Schule, weil sie bereits im ersten Jahr, ein Praktikum hatte und an einem der fünf Tage bereits arbeiten musste !

19. Besserung in Sicht

Wow, was für Neuigkeiten ! Meine Gedanken überschlugen sich förmlich !

In meinem Kopf kreisten ab da nur noch unaufhörlich, „Klagenfurt, Krankenpflegeschule gleich nach dem Polytechnischen Lehrgang, keine Haushaltungsschule nötig mit mir so verhassten Lehrstoff wie Handarbeiten, kochen und was sonst noch so dazu gehörte und das Allerbeste INTERNAT nicht nur gratis, sondern man bekommt Taschengeld !!! Da wollte ich auch hin ! "

Nach diesen Ferien würde ich bereits mit dem Polytechnischen Lehrgang beginnen ! Das würde bedeuten, dass ich schon im kommenden Jahr in diese Krankenpflegeschule gehen könnte !

Nun fragte ich Toni natürlich, über alles, was die Krankenpflegeschule in Klagenfurt betraf und konnte gar nicht genug darüber erfahren ! Ich fragte ihr förmlich Löcher in den Bauch ! Toni beantwortete bereitwillig und mit leuchtenden Wangen alle meine Fragen bis ins kleinste Detail.

Auch meine Sorgen bezüglich meiner letzten Zeugnisnoten der vierten Klasse Hauptschule zerstreut sie !

Tonis Begeisterung wurde noch größer, als ich ihr eröffnete, dass auch ich da hinwollte ! Erst konnte sie nicht verstehen, dass ich auch auf ein Internat wollte, doch als ich ihr begann einige Gründe aufzuzählen, verstand sie mich sofort !

Das würde super, wir beide auf derselben Schule und dazu im selben Internat !

Später schlichen Toni und ich uns auf unser Zimmer und ich schrieb mir alles genauestens auf, was ich wissen und tun musste um meinen Plan, in der Krankenpflegeschule in Klagenfurt anfangen zu können in die Tat umzusetzen.

Als ich alles dazu aufgeschrieben hatte, versteckte ich den Zettel so gut, dass selbst Oma ihn erst einmal, nicht finden konnte.

Erst bei einer passenden Gelegenheit würde ich meine Pläne erst einmal mit Opa besprechen, denn er wusste immer am besten was zu tun war.

Wenn immer ich von da an eine ruhige Minute hatte, dachte ich sofort wieder über meinen Plan nach und prägte mir immer wieder alles genau ein, was ich mit Toni aufgeschrieben hatte. Es dauerte nicht lange und dann konnte ich alles auswendig !

Für die Aufnahme in diese Krankenpflegeschule benötigte ich nur das Geld für die Stempelmarken für das Leumundszeugnis, für ein Gesundheitszeugnis und die anderen diversen Unterlagen. Ich durfte im kommenden Schuljahr, im Polytechnischen Lehrgang nur kein Genügend oder nichtgenügend im Zeugnis haben. Sobald die Schule nach den Sommerferien wieder starten würde, sollte ich in Klagenfurt in der Krankenpflegeschule anrufen, ihnen dort mein Interesse mitteilen und sie bitten, mir das Informationsmaterial für die Aufnahme zuzuschicken. Bewerben musste ich mich dann mit allen Unterlagen und mit dem Halbjahreszeugnis gleich nach dem Semesterschluss.

Was mir am meisten Sorgen dabei machte, waren meine schulischen Leistungen ! Durch die Situation bei uns zu Hause, konnte ich mich nie auf Tests entsprechend vorbereiten, denn da war keine Ruhe und nicht einmal genug sauberer Platz, um überhaupt Schularbeiten zu erledigen. Auch unsere Schulsachen hatten keinen sicheren Platz. Dadurch hatte ich auch oft keine Hausübungen und musste meistens nicht vorbereitet zu Prüfungen antreten. Meine Konzentration im Unterricht, war auch häufig durch die Vorkommnisse zu Hause beeinträchtigt.

Mir wurde bei meinen laufenden Überlegungen immer klarer, dass ich dringend an meinem Umfeld etwas ändern musste um mein Ziel, das ich mir nun gesteckt hatte, erreichen zu können. Ich musste dringend mit Opa darüber sprechen !

Noch hatte ich nicht den Mut und nicht das Gefühl es wäre schon die richtige Zeit, um Opa dafür anzusprechen.

Also beschloss ich erst einmal noch den Rest unseres Urlaubs hier zu genießen und das Gespräch erst einmal zu vertagen.

Manfred würde erst Augen machen, sobald ich ihm das erzählen würde ! Mit meiner Aufnahme in der Krankenpflegeschule wäre ich schon einen großen Schritt näher um zu Herta nach Australien zu

gehen ! Nach diesem Urlaub schien mein neues Leben zu beginnen, um an meiner Zukunft zu arbeiten.

Mit einem Mal erinnerte ich mich an die Situation letztens am Bach, als ich so verzweifelt war und was mir gesagt wurde. Es war nun wirklich so gekommen, wie es mir gesagt wurde !

Ich hatte hier nun Freunde gefunden und Toni hatte mir nun das mit dem Internat gesagt. Also sollte es nun doch auch wirklich klappen und nicht nur bei der Fantasie bleiben! Meine Hoffnung wuchs bei dem Gedanken und damit hob sich meine Laune langsam immer mehr !

In diesem Urlaub hatte ich so viel Spaß, wie noch nie zuvor. Es schien sich wirklich alles zum Guten zu wenden !

Toni und Horsti kamen fast jeden Abend herauf und gemeinsam mit den anderen Kindern und Jugendlichen der anderen Gäste spielten wir Tischtennis, Gesellschaftsspiele, scherzten und lachten, flirteten und machten Lagerfeuer. Wir hatten alle zusammen ganz einfach eine unvergessliche Zeit !

Eines Abends kam mir dann der Zufall zu Hilfe.

Toni und Opa begannen sich zu unterhalten und er fragte Toni im Zuge dessen ganz beiläufig nach ihrer Krankenpflegeausbildung. Sie berichtete auch ihm bereitwillig und mit Begeisterung. Dabei schaute mich Opa an und meinte „wolltest du nicht auch Krankenschwester werden?"

Da war er der richtige Moment, um mit Opa darüber zu reden ! Besser hätte es gar nicht laufen können !

Nun berichteten Toni und ich abwechselnd über das, worüber Toni und ich bereits gesprochen und geplant hatten. Opa staunte nicht schlecht, war aber sichtlich auch begeistert von der Idee, wollte aber später noch mit mir allein, unter vier Augen darüber sprechen, was dann schon am nächsten Tag geschah.

Opa redete mir dabei ins Gewissen, im kommenden Schuljahr ordentliche Leistungen zu zeigen, damit ich diesen wirklich fantastischen Plan, auch in die Tat umsetzen könnte. Diesbezüglich hatte Opa jedoch die gleichen Bedenken wie sie auch mir bereits gekommen waren. Dann kam er mit dem bisher aller besten Vorschlag !

Ich könnte im kommenden Schuljahr vorwiegend bei meinen Großeltern wohnen, damit ich meine entsprechende Ruhe hätte, um mein Ziel erreichen zu können !

Das war mit Abstand das aller schönste Geburtstagsgeschenk in diesem Jahr und so weit ich mich erinnerte ! Ich fiel Opa augenblicklich um den Hals und drückte ihn so fest ich nur konnte !

Was für ein Angebot ! Ich jubelte und tanzte vor Freude und konnte mein Glück kaum fassen !

Opa müsste aber natürlich erst mit meinen Eltern reden, was aber sicher kein Problem sein sollte, nach all dem was zuletzt zu Hause so abgelaufen war !

Noch nie hatte ich mich so sehr auf den Schulbeginn gefreut als in diesem Jahr! Ich hatte einfach das beste Gefühl, das ich je hatte!

Es begann auch gleich umwerfend gut, denn wir wurden in den Hauptgegenständen wie Mathematik, Deutsch und Englisch, jeweils einem Einstufungstest unterzogen und nur nach diesem Ergebnis in die jeweiligen Leistungsstufen eingestuft. Nach diesen Tests landete ich, unglaublicher Weis in allen drei Gegenständen in der Ersten und damit besten Leistungsgruppe! Ich hatte überall die sympathischsten Lehrer der Schule! Da ich in die Tagesheimschule im Polytechnischen Lehrgang kam, kannte ich dort keinen einzigen der Schüler und so war ich auch ein unbeschriebenes Blatt unter den neuen Mitschülern. Damit war ich auch das bisherige Mobbing los und fand dort sogar rasch Freunde.

Es war kein Problem für meine Eltern, dass ich an Schultagen nun bei meinen Großeltern wohnte. Somit erschien ich immer sauber, gepflegt und gut vorbereitet zum Unterricht.

Wie ausgemacht, rief ich dann auch in der zweiten Schulwoche in Klagenfurt in der Krankenpflegeschule an, um mir das Informationsmaterial zuschicken zu lassen. Ich ging dazu auf ein Postamt in eine Telefonzelle, um ungestört in Ruhe sprechen zu können.

Damit kam ein Rückschlag, mit dem niemand von uns allen gerechnet hatte !

In der Krankenpflegeschule in Klagenfurt wurden prinzipiell nur Kärntner aufgenommen und niemand von anderen Bundesländern, da die Schule in Klagenfurt zu klein war und nicht einmal alle Kärntner Platz fanden ! Doch als ich der netten Schulleitung erklärte, dass ich unbedingt gleich nach dem Polytechnischen Lehrgang mit der Krankenpflegeschule beginnen wollte, dies aber in Salzburg nicht möglich sei und ich auch von Salzburg nach Möglichkeit so rasch wie nur möglich weg wollte, riet mir die Schulleitung es in Wien zu versuchen. Da wäre die Ausbildung genauso wie in Klagenfurt und die haben viele solcher Schulen und nahmen Schüler aller Bundesländer auf.

Das war erst einmal eine herbe Enttäuschung und ich wollte nur weinen. Als ich das Toni mitteilte, war sie auch sehr traurig, aber ermunterte mich es halt in Wien zu versuchen. Das währe ohnehin viel cooler als nur das kleine Klagenfurt. Neu würde für mich ohnehin alles sein und sehr viel Zeit könnten wir so und so nicht gemeinsam verbringen, da wir auch in unterschiedlichen Jahrgängen wären.
Damit hatte sie in allem sicher Recht.

Also auf nach Wien !

Aus den Nachrichten kannte ich in Wien bereits das AKH. Es war das größte Krankenhaus in Wien und in ganz Österreich. Dazu war es auch eine Universitätsklinik, womit ich nach meinem Abschluss auch sicher in Australien bessere Chancen haben würde. Eine Uniklinik war schließlich immer am neuesten Stand der Wissenschaft !

Also suchte ich mir sofort die Telefonnummer vom AKH Wien, aus dem aufliegendem Telefonbuch. Mein Geld für weitere Gespräche war aufgebraucht. So ging ich nach Hause, um dort bei Mutti zu telefonieren.

Als ich Mutti diese Neuigkeiten mitteilte kam der nächste Rückschlag !

Sie untersagte mir in Wien anzurufen und verbot mir auch überhaupt für meine Ausbildung nach Wien zu gehen ! Ich gab mich geschlagen, fürs Erste wenigstens. Ich brauchte einen neuen Plan und dafür braucht ich Ruhe und sicher keine Aufregung wegen einem Streit !

Also fuhr ich wieder zu Opa und Oma. Ich hatte ohnehin auch noch einiges dort für die Schule am nächsten Tag zu erledigen. Zum Glück wusste, außer Mutti und Toni, noch niemand etwas von meinem missglückten Anruf in Klagenfurt. Ich verzog mich bei meinen Großeltern daher sofort in mein Zimmer, um meine Schularbeiten zu erledigen. Nach einem schnellen Abendessen und dem Duschen ging ich sofort ins Bett, um nachzudenken. Da ich entsprechend deprimiert und müde war, wurde aus dem Nachdenken nichts mehr und ich schlief stattdessen sofort ein.

Plötzlich, war da wieder dieser Trost, dieser Zuspruch und ein Hinweis auf die Zukunft. Mutti hatte immer alle zwei Wochen Waschtag in der Waschküche im Keller. Da sollte ich zuhause bleiben und in Wien anrufen, sobald sie hinunter gehen würde. Alles würde gut werden. Ich würde sicher in Wien im AKH aufgenommen werden. Ich sollte einfach nur vertrauen, weiter so fleißig sein, wie bisher und das tun was mir mein Bauchgefühl dazu sagen würde !

Nachdenklich trank ich meine Milch zum Frühstück. Was war das, letzte Nacht?

Es war so vertraut aber auch nicht sehr real, zumindest für andere Menschen nicht. Für mich machte es Sinn und ich kannte das doch irgendwie ganz genau !

Nach der Schule fuhr ich daher schnell zu Mutti, um ihren nächsten Waschtag ausfindig zu machen. Er war schon in zwei Tagen !

Da ich in den letzten Jahren immer wieder diverse psychosomatische Symptome durchmachen musste, war es für mich nicht schwer dafür zu sorgen, dass ich von der Schule zu Hause bleiben konnte. Ich musste nur die Nacht davor bei meinen Eltern schlafen. Auch mein Vater würde in zwei Tagen, zu Muttis Waschtag in der Arbeit sein und meine Geschwister in der Schule. Der Waschtermin in zwei Tagen war perfekt und sogar so perfekt, dass mein Unterricht an dem Tag, ausnahmsweise, wegen einer Konferenz, sogar erst zwei Stunden später begann und ich nicht krankspielen musste !

Sobald Mutti dann in der Waschküche verschwand, rief ich sofort in der Krankenpflegeschule am AKH in Wien an und bestellte mir das Informationsmaterial für die Bewerbung. In ein paar Tagen sollte ich die Unterlagen bekommen. Als ich gerade dabei war mich zu verabschieden, kam Mutti von der Waschküche zurück und bekam so noch das Ende des Telefonats mit.

Mutti war entsprechend sauer, als ich ihr nun gestand, dass ich mit der Krankenpflegeschule am AKH telefoniert hatte !

Zum Glück musste ich gleich in die Schule und konnte so ihrem Ärger erst einmal entkommen. Nach der Schule war ich, zum Glück ohnehin wieder bei meinen Großeltern. Als ich nach der Schule zu Opa und Oma heimkam, empfing mich

Opa schon mit einem seiner wissenden Blicke.
Mutti hatte ihn sofort angerufen und ihm meine
Tat von heute Früh geschildert !

Sobald ich gegessen und meine Schularbeiten
erledigt haben würde, dann würden wir über diese
Sache ernsthaft und in Ruhe reden.

Opa ging damit zurück zu seine Markensammlung,
ins Wohnzimmer. Oma hielt dort auch gerade ihren
Mittagschlaf.

So wärmte ich mir mein Mittagessen selbst und
setzte mich mit meinem Essen an den Tisch in der
Küche.

Ich stocherte mehr oder weniger lustlos in meinem
Essen herum und hatte eigentlich gar keinen
Hunger mehr. Ich hing meinen Gedanken nach.

Was würde Opa zu all dem sagen? Was hatte ich
für Argumente? Warum wollte ich eigentlich
wirklich nach Wien gehen? Wollte ich das wirklich?
Was sollte ich sonst nach dem Polytechnischen
Lehrgang beginnen? Selbst die Berufsberaterin in
der letzten Klasse meiner Hauptschulzeit hatte zu
mir, nach diversen Tests und meinen Zeugnissen
bisher, gemeint ich könnte niemals
Diplomkrankenschwester werden !

Doch Ich wollte unbedingt
Diplomkrankenschwester werden und das schon

fast, seit ich denken konnte ! ich wusste, dass ich es könnte und ich wusste auch warum meine Zeugnisse bisher immer so schlecht waren. Es lag einfach, nicht an mir, sondern an meiner mich sehr belastenden Umgebung zu Hause ! Nur das wusste die Berufsberaterin nicht so genau ! Im Internat würde das sicher anders werden ! Das sah man ja jetzt schon, nach so kurzer Zeit, wo ich nun bei meinen Großeltern sein konnte und in die Tagesheimschule ging, ganz deutlich ! Meine Leistungen in der Schule hatten sich schon jetzt signifikant gebessert !

In Klagenfurt hätte ich Toni gehabt und meine Freunde in der Nähe von St. Veit, aber in Wien würde ich niemanden kennen. Ich würde da ganz alleine sein, aber das waren die Mädchen in den Büchern, die ich bisher gelesen hatte, ja anfangs meistens auch ! Sie fanden aber alle immer rasch Freunde, auch wenn es anfangs immer für sie hart war. Es waren nur Geschichten in Büchern, aber so viel anders konnte es in Wirklichkeit doch auch nicht sein ! Bücher haben doch meist einen Bezug zur Realität !

Wie war mein Leben bisher? Erst seit wir nach Kärnten auf Urlaub fuhren hatte ich plötzlich Freunde gefunden. Bis dahin hatte ich nur Margot, die Nachbarin mit ihrem älteren schwer behinderten Bruder, mit der ich ganz selten bei ihr spielen durfte, wenn ihre Mutter darum bat, damit Margot in den Ferien jemanden zum Spielen hatte. Margot durfte sonst nicht mit uns unten am Spielplatz sein und war mit ihrer Familie ohnehin kaum zu Hause. Da waren noch die Kinder von Muttis Freundin, Manfred und Angelika und Kinder der Siedlung, die alle jünger waren als ich und ein paar deutlich ältere Jugendliche. Sie alle kannte ich mehr oder weniger gut, verkehrte mit ihnen als gute Bekannte, aber richtige Freunde waren sie für mich alle nicht. Als ich nun ins „Poly" kam, kannte ich zu Beginn auch niemanden und hatte mich nun auch schon mit einigen angefreundet. Also würde es in Wien sicher auch klappen.

Ich war bis dahin noch nie in Wien, aber ich würde Wien sicher bald kennenlernen!

Nein, ich hatte absolut keine Angst davor, dort anfangs ganz allein zu sein! Ich würde mehr Angst haben weiter hier in Salzburg bleiben zu müssen, mit allem was sich zu Hause so abspielte!

Außerdem wäre Wien auch gleich eine gute Übung für später, wenn ich dann ganz allein nach Australien gehen würde! Nein, mein Entschluss stand fest, ich würde ganz sicher alles daransetzen, um nach Wien zu gehen, ganz egal wie hart es auch anfangs sein würde! Später würde ich es auf jeden Fall viel besser haben als jetzt! All das würde ich Opa dann gleich sagen!

Ich hatte genug von meinem Essen, versorgte das Geschirr und setzte mich zu Opa ins Wohnzimmer.

Nach einer Weile begann Opa mir wegen Wien die gleichen Fragen zu stellen, wie ich sie mir selbst schon gestellt hatte und noch einige mehr. Wir hatten eine sehr angeregte und sogar sehr schöne Unterhaltung.

Opa war nicht abgeneigt, dass ich nach Wien in die Krankenpflegeschule gehen wollte um meinen Traum, Diplomkrankenschwester zu werden, in die Tat umzusetzen. Auch er hatte die gleiche Einstellung wie ich, bezüglich meiner bisherigen Zeugnisnoten und der Beurteilung durch die Berufsberaterin. Auch Opa dachte, dass ich in einem vernünftigen Umfeld die verlangte Leistung für diese Ausbildung leisten könnte und auf jeden Fall die nötige soziale Kompetenz, Sensibilität und Verantwortungsbewusstsein hatte.

Opa meinte auch, dass es vielleicht sogar für mich besser wäre nach Wien, statt nach Klagenfurt zu gehen, denn da würde ich niemanden kennen und nicht von vornherein vom Lernen abgelenkt sein. Durch unser Gespräch bekam Opa auch den Eindruck, dass mir die Ausbildung wirklich sehr wichtig war, vor allem, weil ich nach Australien wollte, was er bis dahin noch gar nicht gewusst hatte. Er dachte ich wäre reif genug, um allein in Wien zu sein und dort keine Dummheiten machen würde, da er sich in mich hineinversetzen konnte. Opa war schließlich ein Waisenkind in Wien gewesen und mit achtzehn vom Waisenhaus ausgesteuert worden und von da an auf sich selbst gestellt gewesen.

Nach dem was ich zu Hause bereits erleben musste und wie ich bisher damit umgegangen bin, wäre ich für mein Alter bereits ausgesprochen reif.

Opa wollte diesbezüglich demnächst mit meinen Eltern sprechen. Er hatte aber eine Bedingung an mich.

Ich musste alles, bezüglich meiner Aufnahme in Wien in die Krankenpflegeschule und meiner Ausbildung selbst, ohne jegliche Hilfe von irgendjemanden, erledigen ! Um alles bezahlen zu können, würde ich mein Sparbuch zusammen mit dem Passwort ausgehändigt bekommen. Nur wenn ich es so schaffen würde, wirklich aufgenommen zu werden, wäre ich reif genug, um allein in Wien meine Ausbildung zu machen.

Wow, was für vielversprechende Nachrichten waren das ! Wenn Opa mit meinen Eltern bisher sprach, dann hatte er eigentlich immer das letzte Wort gehabt und meine Eltern hatten bisher immer in seinem Sinn entschieden.

So war es dann auch glücklicher Weise in diesem Fall !

20. Einfach hinaus

Die Unterlagen zur Anmeldung für die Krankenpflegeschule am AKH Wien kamen, wie versprochen nach einigen Tagen und ich erledigte alles pünktlich und genau so, wie es darin angegeben war.

Ich sollte alles bereits sofort erledigen und nur das Semesterzeugnis erst nach dem Semesterschluss in Kopie und beglaubigt nachreichen.

In nur wenigen Tagen nach dem ich die Unterlagen zugeschickt erhielt, hatte ich alles bereits erledigt und hielt die Bestätigung meiner erfolgreichen Anmeldung in Händen ! Meine Freude darüber war natürlich riesig, obwohl ich bis zur definitiven Aufnahme erst noch entsprechend gute Zeugnisse liefern musste und den anspruchsvollen Aufnahmetest und die strenge Aufnahmekommission zu bestehen hatte !

Das erste Halbjahr verging dann wie im Flug und auch die nächste Hürde, Halbjahreszeugnis war schließlich geschafft, das ich auch, wie es sein sollte an die Krankenpflegeschule schickte ! Damit war ich meiner Aufnahme wieder einen Schritt nähergekommen !

Nur wenige Tage später bekam ich auch schon die Einladung vom AKH Wien zur Aufnahmeprüfung, Anfang Mai.

Mit Opa fuhr ich dafür für dann, das erste Mal in meinem Leben, für zwei Nächte nach Wien. Ich war sehr gespannt auf Wien, aber meine Aufregung hielt sich eigenartigerweise sehr in Grenzen. Tief in mir hatte ich das sichere Gefühl, das einzig Richtige zu tun und dass alles sicher funktionieren würde. Ich hatte auch das eigenartige Gefühl, als ob mich jemand an die Hand genommen hätte, der mich führte und für mich alles Hinderliche aus dem Weg räumen würde.

Die Aufnahmeprüfung fand am zweiten Tag ab neun Uhr morgens in der Krankenpflegeschule am AKH statt und dauerte mehr als vier Stunden. Sie bestand aus mehreren Tests, einem Berufseignungstest, einem berufsspezifischen Test, einem Intelligenztest und einem psychologischen Test. Während den Tests hatte ich auch keinerlei Bedenken und arbeitete ruhig und konzentriert. Auch in den Pausen blieb ich völlig gelassen. Viele andere Teilnehmer waren in der Pause völlig außer sich. Manche weinten sogar. Ja die Tests waren äußerst fordernd und vermittelten uns allen sehr viel Stress. Das war auch so gewollt. Besonders der Psychotest sollte unsere Belastbarkeit in stressigen Situationen zu Tage fördern. Zwei der Teilnehmer brachen sogar die Aufnahmeprüfung von sich aus ab ! Ich aber hielt mich in den Pausen tunlichst von allen fern, die besonders belastet auf mich wirkten und die Pausen bewusst zu nutzen, um mich gedanklich zu entspannen.

Als der Test vorbei war, erwartete mich Opa schon in der Halle und wir starteten unsere kleine Entdeckungstour in Wien.

Erst da spürte ich wie fertig mich diese Aufnahmeprüfung doch auch gemacht hatte. Als Opa mich fragte, wie es gelaufen war, konnte ich kaum Auskunft geben. Ich konnte nur so viel sagen, dass es sehr hart war und dass zwei den Test von sich aus, aus diesem Grund abgebrochen hatten und plötzlich wollte ich weinen, ohne sagen zu können warum ! Wir verließen die Schule und in der frischen Luft atmete ich ein paarmal tief durch. Die frische Luft half mir mich rasch wieder zu fangen. Besonders als uns einige Krankenpflegeschülerinnen in ihren blauen Schülertrachten plaudernd und lachend entgegenkamen entspannte mich das noch mehr. Wenn alles gut ging würde ich auch bald so herum gehen ! Aber erst Mitte Juni würde ich erfahren, ob ich aufgenommen wurde !

Opa und ich hatten nun nur ein paar Stunden, um ein Wenig von Wien zu sehen. Opa wuchs hier in Wien auf. Er hatte Wien mit achtzehn, aus dem Waisenhaus ausgesteuert, verlassen um auf der Suche nach Arbeit, auf die Walz zu gehen. Daher kannte sich Opa in Wien immer noch gut aus, auch wenn sich in den vielen Jahren sehr viel verändert hatte.

Wir beschlossen das U-Bahnnetz zu erkunden, denn das kannte natürlich Opa auch noch nicht. Damit konnten wir sehr rasch, ein paar wichtige Punkte, wie unter anderem den Stephansdom sehen. Auch den ersten McDonalds, den es hier in Österreich erst seit kurzem gab, konnten wir so einen Besuch abstatten und unseren allerersten Hamburger mit Coca-Cola

probieren ! Wien war einfach umwerfend aufregend und schön für mich und ich hoffte noch mehr, dass alles klappte !

Nun war auch die Aufnahmeprüfung hinter mir und musste nur noch ein entsprechend gutes Abschlusszeugnis liefern ! Das sollte jedoch kein Problem mehr sein.

Zurück in Salzburg hörte Mutti wie schwer die Aufnahmeprüfung war und hatte kaum Hoffnung für mich, dass ich genommen werden würde. So sollte ich mich besser doch in der

Haushaltungsschule, von allen abwertend Knödelakademie genannt, anmelden.

Alle waren dann dort, um mich anzumelden. Mutti, Mutti-Oma und meine Geschwister, nur ich war nicht mit ! Ich wusste nicht warum, aber ich war mir sicher, dass ich in Wien im AKH genommen werden würde ! Zum Glück für mich, war es aber dann ohnehin schon viel zu spät, um mich dort anzumelden !

21. Unglaublich

Kurz vor Ende des Schuljahrs, Ende Mai hatten wir noch eine Schullandwoche, die als Motto Sommersport hatte. Sie sollte ganz in der Nähe meiner Freunde in St. Veit, am Längsee stattfinden. Erst freute ich mich riesig darauf, aber dann kam alles doch ganz anders.

Irgendwann, kurz nach dem wir erfahren hatten, dass wir diese Sportwoche machen würden, wurde ich wieder von der körperlosen Welt in einem sehr real wirkenden Traum kontaktiert.

Es war ein wahrer Alptraum, der mich sichtlich davon abhalten sollte an dieser Sportwoche in Kärnten teilzunehmen.

Ich träumte, wir wären mit meiner Schule auf dieser Sportwoche und auf einer, mir bis dahin völlig unbekannten, Burg. Ich rannte blutüberströmt auf der Burg herum, weil etwas furchtbares mit uns allen passiert wäre. Ich fühlte ganz genau wie mir das Blut warm und pulsierend über das Gesicht in den Mund floss und konnte sogar das Blut salzig auf der Zunge schmecken. Beim Gehen quatschte das Blut aus meinen

Schuhen. Mein rechter Fuß schmerzte und ich hatte Mühe beim Gehen. Schließlich lag ich irgendwo und die Lehrer beugten sich mit besorgtem Blick, über mich und hatten Sorge ich könnte nicht überleben.

Damit erwachte ich völlig verstört aus diesem Traum.

Nein, das war eindeutig eine Warnung, ich würde nun ganz sicher nicht mit auf diese Sportwoche fahren ! Ich musste sofort mit Mutti reden !

Gleich nach dem Aufstehen teilte ich Mutti meinen Entschluss mit. Ich sagte ihr, dass ich nun ein schlechtes Gefühl hatte, wegen dieser Sportwoche und lieber weiter normal zur Schule gehen wollte. Natürlich wollte Mutti wissen, was meinen Sinneswandel bewirkt hatte und so erzählte ich ihr von diesem Traum und dass ich ihn ernst nehmen würde, doch Mutti meinte dieser Traum sei nur haltloser Blödsinn. Ich musste schließlich doch mitfahren, obwohl dieses Gefühl, ich sollte doch nicht mitfahren, blieb und sich sogar noch verstärkt hatte ! Es half auch nicht, dass ich mir selbst versuchte einzureden, es sei wirklich nur ein dummer Traum gewesen !

Da war er auch schon, der Tag der Abreise, für die Sportwoche !

Es ging, wie geplant nach Kärnten, ganz in der Nähe von St. Veit und somit auch in die Nähe meiner Kärntner Freunde, an den wunderschönen Längsee.

Wir konnten dort unter anderem schwimmen, segeln, surfen, radeln, wandern und so weiter. Am ersten Tag wollten meine Zimmerkollegen und ich schwimmen und surfen. Wir hatten jede Menge Spaß beim Surfen lernen, denn keiner von uns hatte Talent dafür und wir waren mehr im Wasser als am Brett. Schließlich gab unser Trainer auf, montierte das Segel ab und jeder von uns durfte nur mit seinem Brett allein aufs Wasser. Wir sollten erst einmal nur mit dem Brett üben aufzustehen und im Stehen das Gleichgewicht halten. Als auch das nicht recht klappen wollte, paddelten wir am Bauch liegend über den See. Das war natürlich, der allergrößte Spaß, denn auf die Weise bekamen wir in null Komma nichts eine hohe Geschwindigkeit zusammen und konnten so den ganzen See in kürzester Zeit gleich mehrfach umrunden.

Am späten Nachmittag, nach dem Duschen war eine Wanderung zum Grillen am Abend geplant.

Erst nach dem wir diese Wanderung gestartet hatten, erfuhren wir das genaue Ziel, denn es war Witterungsabhängig. Da ein Gewitter nicht auszuschließen war, ging es auf die Burgruine Taggenbrunn, denn da konnten wir, falls es wirklich regnen sollte, trotzdem ungestört im Trockenen grillen und essen. Unser Hotel hatte uns auch zur Not einen Shuttle zurück ins Hotel angeboten.

Obwohl, ich gerade noch mit den anderen unbeschwert und lustig war, schoss mir, bei dieser Eröffnung blitzartig wieder mein Traum durch den Kopf. Schnell versuchte ich mich davon wieder abzulenken. Es war doch wirklich nur ein böser Traum und sonst nichts ! Es gab in der Realität schließlich auch kein Vorhersehen !

Also marschierte ich tapfer mit meinen Mitschülern und Lehrer weiter und versuchte weiter mit ihnen Spaß zu haben. Nach einer guten Stunde Fußmarsch kamen wir entsprechend hungrig auf der Burgruine Taggenbrunn an. Es roch schon herrlich nach Gegrilltem. Also sichtlich kein Lagerfeuer an diesem Abend ! Ich schaute mich mit meinen Zimmerkolleginnen auf der Burg vorsichtig etwas um, bis wir essen konnten.

Es wirkte alles sicher und sauber und ich entspannte mich. Nichts deutete auf irgendeine Gefahr aus meinem Traum hin. Wir mussten auch nicht selbst grillen. Also konnte uns da auch nichts passieren.

Endlich war das Essen fertig. Es gab, wie sollte es bei einem Grillabend auch anders sein, Koteletts, Hendln, Würstel, Gemüse, Salate, Saucen und Folienkartoffel. Alles war ausgesprochen lecker nur ohne Musikband kam keine rechte Stimmung auf. Nach dem Essen ging ich zum Aussichtspunkt und schaute über das Glantal in Richtung meiner Freunde und plötzlich war da wieder dieses eindringliche Gefühl in mir, so rasch wie möglich nichts wie weg von da ! Kaum drehte ich mich um waren da plötzlich alle meine Schulkollegen und jubelten, denn es gab eine gratis Burgführung durch die ganze Burg, als Trost wegen dem Schlechtwetter und der ausgefallenen Musikband. Ja das war gut, denn da konnten wir wenigstens von diesem Punkt hier

Weg und konnten wo hinein gehen ! Da waren wir bestimmt sicherer als da draußen !

Unser Burgführer begann auch gleich zu erzählen, während er uns eine ausgetretene Treppe hinunter, durch eine schwere alte knarrende Kellertür in einen kleinen Festsaal mit Holzboden und alten schweren Möbeln führte. In den Regalen standen alte Speiseservice und Silberbecher. Der Burgführer erklärte uns, dass diese Burg früher eine Raubritterburg war und die Ritter die Umgebung in Angst und Schrecken versetzten und viele von ihnen, aus der Gegend hier auf der Burg in Verließe geworfen wurden, die unter den Burschenschafts-Zimmern eingerichtet wurden. Die Burschenschafts-Zimmer, wie dieser Raum, in dem wir uns gerade befanden, waren daher stets in

Kellern untergebracht und in denen immer ausgiebig, mit reichlich Alkohol wild gefeiert wurde. Auf der Burg gab es auch ein weithin bekanntes Schlossgespenst, dass die Besucher gerne, besonders abends erschreckte. Da die Burg auf steilem Felsen stand, gingen die Verließe unter diesen Burschenschafts-Zimmern oft duzende Meter weit in die Tiefe.

Plötzlich durchzuckte ein Blitz den Raum und es donnerte grollend und furchteinflößend. Das angekündigte Gewitter hatte begonnen. Darauf folgte gleich der nächste Blitz, das Licht im Raub begann aus und an zu gehen und der Boden im Raum begann unter unseren Füßen gefährlich zu wackeln. Was für eine tolle Gespenstervorstellung war das ! So unglaublich real wirkte alles ! Es krachte immer mehr und immer lauter ! Dann gab unter meinen Füßen plötzlich der Boden richtig nach und alle schrien entsetzt auf. Jetzt sollten wir in einer Vorstellung eigentlich auf einer Weichmatte landen ! Doch es wirkte nicht mehr wie eine Show ! In einem Bruchteil einer Sekunde überflog ich mein Leben. Nein, es war noch nicht Zeit zum Sterben durchzuckte es mich, bevor ich hart auf Felsen aufschlug und weiter nach unten kollerte. Dann traf mich auch noch etwas, sehr schweres und hartes links am Hinterkopf.

Das nächste was ich wieder wahrnahm war, dass mir jemand unaufhörlich ins Gesicht schlug und schrie „wach auf, wach auf, …" Dann sah ich überall Staub, es roch modrig, meine Schulkollegen weinten, schrien, ein Lehrer schrie „bitte Ruhe bewahren, die Rettungskräfte sind unterwegs, die am schwersten verletzten zuerst raufholen,…." Erst jetzt bemerkte ich wie weit über uns der Lehrer stand, der sichtlich bemüht war Fassung zu bewahren und um alles zu organisieren. Neben mir schrie eine Lehrerin, die offensichtlich auch verletzt war „Ulli zuerst sie war eine Weile bewusstlos und blutet stark am Kopf und eventuell auch vom Hals das sieht man bei dem vielen Blut nicht!" Ich war noch ganz benommen und hatte keine Ahnung wie es möglich war, aber ich merkte nur, wie es mit mir nach oben zu dem Lehrer ging. Er nahm mich in Empfang und begutachtete mich kurz. Er wischte mir über den Hals links und stellte fest, dass da keine Wunde war. Der Lehrer gab mir einen riesigen Tupfer, mit dem ich fest auf meinen Kopf drücken sollte. Eine Klassenkollegin übernahm mich weinend, fasste mich fest am Oberarm rechts und fragte mich, ob ich bis zu einer Bank, wo wir vorhin erst noch gegessen sind, gehen könnte. Ich fühlte mich in dem Moment wie eine willenlose Marionette, die keine Ahnung hatte, was gerade ablief, wo genau diese Bank noch war, noch warum ich das nicht können sollte und antwortet wie ein

Automat „ja natürlich "! Meine Kollegin packte mich noch etwas fester am Oberarm damit ich mich besser konzentrieren sollte. Das Blut floss mir unaufhörlich warm über meinen ganzen Körper und in meine Schuhe, das bei jedem Schritt sehr bald wieder aus den Schuhen quatschte. Plötzlich erinnerte ich mich wieder an meinen Traum, den ich noch vor dieser Woche hier hatte ! Nun war wirklich alles genau so wie in diesem Traum ! Musste ich nun sterben? Ich folgte meiner Kollegin immer noch willenlos. Wir mussten einige hundert Meter bis zu dieser genannten Bank zurückgehen. Mir war zum Brechen, mein rechter Knöchel schmerzte und ich hatte mit jedem Schritt immer mehr Schwierigkeiten meiner, immer herzzerreißender weinenden, Kollegin zu folgen. Zum Glück erreichten wir diese Bank gerade noch rechtzeitig, bevor ich neuerlich kollabierte. Als ich wieder zu mir kam, war da neuerlich eine Szene wie aus meinem Traum. Die Lehrer waren mit besorgtem Blick über mich gebeugt und eine Lehrerin sagte gerad „hoffentlich kommt sie

durch" !

Gleich darauf waren auch schon mehrere Rettungen da und verstauten in jedem Auto gleich mehrere Verletzte.

Langsam wurde mir etwas besser und ich konnte wieder etwas klarer denken. So fragte ich, ob wir vielleicht ins Spital St. Veit gebracht würden. Zu meiner Freude war das wirklich der Fall ! Also würde ich sicher von meinen Freunden dort besucht werden, falls ich dableiben müsste. Vier Mädchen meiner Schule waren mit mir verletzt im Krankenwagen. Nur ich musste liegen und hatte meinen Kopf dick eingebunden. Alle waren unterschiedlich schwer verletzt, aber alle weinten außer mir. Ich war seltsam ruhig und versuchte auch die anderen zu beruhigen und erzählte ihnen von St. Veit, das ich ja schon gut kannte. Selbst im Krankenhaus dort, war ich schon zu Besuch und Erfahrungen als stationärer Patient in Salzburg hatte ich schon genug inklusive ambulant im Unfallkrankenhaus. Es gelang mir sogar die Mädchen so weit zu beruhigen, dass sie zu weinen aufhörten und sogar über die Scherze der Sanitäter lachen konnten, die die Sanitäter mit mir machten. Sie scherzten über mich, die am schwersten verletzt war, aber die anderen beruhigte und ihnen schlagfertige Antworten gab.

Zwei Lehrerinnen, sechs Mitschülerinnen und ich wurden stationär aufgenommen. Wie sich herausstellte war ich am schlimmsten verletzt ! Ich hatte eine elf Zentimeterlange Rissquetschwunde am linken Hinterkopf, die ausgeschnitten und mit zahlreichen Stichen genäht werden musste, mein rechter Innenknöchel war gebrochen, hatte eine schwere Gehirnerschütterungen und am ganzen

Körper Abschürfungen, blaue Flecken und Prellungen. Wir bekamen alle ein Telefon ans Bett und wir konnten so viel wir wollten telefonieren, aber wir mussten als aller erstes unsere Eltern anrufen. Gleich danach informierte ich auch alle meine Freunde in der Umgebung. Es dauerte nicht einmal zwei Stunden nach dem Frühstück und ich hatte schon, sehr zum Erstaunen meine Mitschülerinnen und Lehrerinnen, aber sehr zu meiner Freude, meinen ersten Besuch ! Es war Horsti in seiner Postuniform! Horsti wirkte wirklich sehr imponierend auf alle in seine Uniform. Damit wirkte er gleich noch größer, als er mit seinen zwei Meter zehn ohnehin schon war. Er hatte nur eine kurze Pause und wollte abends wiederkommen. Gleich nach dem er wieder gegangen ist, besuchte uns unser Klassenvorstand. Er informierte uns, dass bald die Polizei kommen würde. Die Polizei bearbeitete bereits das Unglück. Sie wollte uns befragen uns zu dem Unglück befragen und unsere Diagnosen aufnehmen, da es hier um Körperverletzung ging. Wir alle würden nun Anspruch auf Schmerzensgeld und Schadensersatz haben. Dazu zählten auch unsere Telefongebühren hier im Spital. Die Eltern meiner Klassenkollegen wären bereits am Weg, um sie abzuholen und meine Großeltern würden am nächsten Tag anreisen und bei unseren Bekannten übernachten. Opa und Oma würden kommen ! Das freute mich natürlich riesig ! Ich vermutete, dass sie bei Edi am Bauernhof nächtigen würden. Bei der Visite hörten wir, dass alle anderen Mitschüler und Lehrkräfte, die auch die Nacht im Krankenhaus verbracht hatten und in anderen Zimmern untergebracht waren, bereits das Spital verlassen konnten. Auch die Lehrerin in unserem Zimmer und die Mittschülerinnen in meinem Zimmer konnten am nächsten Tag das Krankenhaus bereits verlassen. Nur ich würde noch einige Tage bleiben müssen.

Als ich am späten Nachmittag dann noch einmal Besuch bekam, von Edi samt seiner ganzen Familie, staunten meine Zimmerkollegen aus meiner Schule gleich noch viel mehr. Sie brachten mir leckeres Essen von ihrem Bauernhof mit und es war alles dabei was ich so besonders gerne mochte ! Abends kam auch Horsti, wie versprochen wieder. Mir machte es daher gar nichts mehr aus, dass ich noch länger bleiben musste ! Wenn mir nicht alles so weh getan hätte und strenge Bettruhe, wegen meiner Gehirnerschütterung und dem Liegegips gehabt hätte, dann hätte ich es hier sogar der Sportwoche vorgezogen ! Ich genoss es, auch endlich einmal im Mittelpunkt zu stehen und umsorgt zu werden in vollen Zügen.

Weniger lustig war es allerdings am nächsten Morgen, als ich dringend auf die große Seite musste und wegen meiner Bettruhe nur auf die

Bettschüssel gehen konnte. Alle meiner Zimmerkollegen von meiner Schule lagen genau mir gegenüber und beobachteten mich auf der Schüssel sitzend. Ich konnte so unmöglich und die Schwester entfernte die Schüssel unverrichteter Dinge wieder. Eine Patientin im Zimmer hatte zwei Krücken und ich wusste, von früheren Verletzungen damit umzugehen. Also wartete ich, bis die Schwester weg war, dann bat ich eine meiner Schulkolleginnen mir die Krücken zu bringen und schon war ich damit am WC. Ich hatte mich dort gerade endlich erleichtert, als noch rechtzeitig die Schwester wieder zurückkam und mich mit einem Rollstuhl schimpfend, wieder zurück in mein Bett brachte, bevor ich neuerlich fast wieder kollabierte.

Nach dem Mittagessen wurden meine Zimmerkollegen aus meiner Schule alle, wie geplant entlassen und ich bleib allein zurück bis nachmittags meine Großelter mit Edi zu Besuch kamen. Sie blieben nur kurz, nach der für sie doch langen Anreise und da Edi in den Stall musste. Sie wollten am nächsten Tag, mit dem Mittagsbus wiederkommen und den ganzen Nachmittag bei mir und in St. Veit verbringen. Abends, als Opa und Oma schon weg waren, kam Horsti, nach Dienstschluss wieder mich besuchen und blieb fast zwei Stunden. So war das dann täglich bis zu meiner Entlassung nach zehn Tagen.

22. Und dann doch Tränen

Nur ein paar Tage, nachdem ich mit meinem Gips von Kärnten zu Hause war, kam endlich die erlösende Nachricht vom AKH Wien, dass ich in den ersten Jahrgang der Allgemeinen Krankenpflegeschule aufgenommen wurde !

Ich tanzte und jubelte vor Freude und konnte mein Glück kaum fassen.

Von meinen körperlichen Verletzungen erholte ich mich, gerade noch rechtzeitig vor dem Schulbeginn in Wien. Auch die außergerichtliche Einigung nach dem Unfall auf der Ruine in Kärnten, wegen dem Schadenersatz und Schmerzensgeld, war bereits vor meinem Einrücken ins Internat fertig abgewickelt. Den Schadenersatz bekamen meine Eltern, aber das Schmerzensgeld wurde mir persönlich zugesprochen und auf mein Sparkonto gebucht. Ich erhielt mehr als dreißigtausend Schilling gutgeschrieben und hatte damit bereits mehr als die Hälfte für meinen Flug zu Herta nach Australien beisammen !

Am ersten Montag im September musste ich mich im Laufe des Tages im Internat einfinden.

Opa begleitete mich an diesem Tag ins Internat.

Zeitig in der Früh bestiegen wir dafür in Salzburg den Zug nach Wien. Mutti und meine Geschwister begleiteten uns zum Zug.

Obwohl ich vor Vorfreude und Spannung fast platze, war der Abschied in Salzburg dann doch auch unvermutet traurig für mich. Ich musste sogar weinen, denn plötzlich wurde mir bewusst, dass zwar ich nun in ein neues und hoffentlich viel besseres Leben starten würde, aber meine Mutter und meine Geschwister in dem Horror zurücklassen musste, ohne dass ich sie noch weiter unterstützen konnte. Schließlich würde ich vermutlich nur noch zu den Ferien nach Hause kommen.

Der Zug setzte sich in Bewegung und es ging auf in mein neues spannendes Leben. Mit jedem Kilometer, den wir uns von Salzburg entfernten, hob sich dann doch wieder meine Stimmung immer mehr.

Mit dem Taxi erreichten wir dann kurz vor Mittag das Internat. Besuchern war es normalerweise verboten den Internatsbereich zu betreten, aber beim ersten Einziehen, durften die Begleitpersonen ausnahmsweise mit ins Zimmer, um zu sehen, wie die Schüler untergebracht wurden. Also konnte sich auch Opa alles ansehen.

Ich bekam ein Zimmer im sechsten Stock, in einer Vierereinheit, mit zwei Eingängen einem gemeinsamen Bad und separatem WC mit zwei Zimmer für je zwei Schülerinnen. Wir hatten jeder einen großen Einbaukasten im Vorraum und im Zimmer ein Bett, das nur durch ein Brett vom anderen getrennt war, mit einer Leselampe, einen Schreibtisch, mit einem Schulsessel davor und einem Papierkorb darunter, je die Hälfte einer Anrichte und von einem Regal. Vor dem Bett bei der Tür stand ein Couchtisch, der auch gleichzeitig als Nachtkästchen diente. Das Bett beim Fenster hatte als Nachtkasten den Kopfteil. Da meine zukünftige Zimmerkollegin noch nicht da war, durfte ich mir das Bett und alles andere aussuchen. Ich nahm mir das Bett am Fenster und den Schreibtisch daneben.

Im Bad gab es eine gemeinsame Dusche für die Einheit und für jedes Zimmer je ein Waschbecken.

Im Vorraum gab es, gegenüber den Einbaukästen eine Garderobe mit einem großen Spiegel und einer Ablage pro Eingang.

Am Gang war pro Stockwerk einen Aufenthaltsraum mit einem Fernseher und im Vorraum des Aufenthaltsraums eine Gemeinschaftsküche und je eine versperrbare Kühlschrankboxe für jedes Zimmer.

Ich packte rasch meine Sachen aus und kennzeichnete mit meinen Sachen welche Dinge ich übernommen hatte, dann gingen Opa und ich Mittagessen. Dafür musste ich mich bei der Internatsschwester an der Rezeption in der Eingangshalle erst wieder abmelden und bekannt geben, wann wir wieder zurück sein würden. Spätestens einundzwanzig Uhr musste ich wieder zurück sein.

Opa und ich gingen zu dem Restaurant, ganz in der Nähe, welches uns die Internatsschwester empfohlen hatte. Es hieß Mechtler und war ein gemütliches Wiener Restaurant mit Hausmannskost. Die Gerichte waren preiswert und schmeckten sehr gut.

Nach dem Mittagessen erkundete Opa mit mir die nähere Umgebung des Internats, damit ich wusste, wo was war, wenn ich es brauchen sollte. Alles wichtige war gleich in der Nähe. Wir fanden die Post einige Cafes, einen Würstelstand, ein Kino, Imbiss, Supermarkt, Fleischhauer, Apotheke, Schreibwarengeschäft und vieles mehr. Opa wiederholte noch einmal mit mir, wie ich vom Internat zum Westbahnhof kam, um nach Hause nach Salzburg fahren zu können und kontrollierte noch einmal, ob ich auch alle, für mich wichtigen Adressen und Telefonnummern bei mir hatte. Opa legte mir auch noch einmal nahe, mich vielleicht doch bei seiner Halbschwester hier in Wien zu melden, auch wenn ich sie bisher nicht kannte, denn man wisse ja nie, wofür ich sie womöglich noch brauchen würde ! Ich versprach es zu tun, sobald ich mich hier etwas eingewöhnt hatte. Nach einer Nachmittagsjause brachte mich Opa schließlich am späten Nachmittag zurück ins Internat und verabschiedete sich von mir, denn er musste noch am selben Tag zurück nach Salzburg fahren.

Diesmal fiel mir der Abschied schon deutlich leichter, denn nun war ich schon mitten drinnen in meinem neuen Lebensabschnitt.

Als ich wieder auf mein Zimmer kam, waren bereits beide Zimmerkollegin im Nachbarzimmer unserer Wohneinheit angekommen und waren damit beschäftigt ihre Sachen auszupacken und sich einzurichten. Wir stellten uns einander vor.

Evelyne, klein rundlich schusselig, mit dunkelbraunem wuschellockigem schulterlangem Haar und fast schwarzen blitzenden Augen über einer lustigen Spitznase. Elisabeth groß kräftig ruhig mit langem braunem welligem Haar hellen Augen und einer Brille. Beide kamen aus Wien und plauderten mit mir sofort lustig darauf los. Damit waren sie mir auf Anhieb sehr sympathisch. Als meine Zimmerkollegin um fünf am Abend noch immer nicht da war, gingen wir drei aus unserer Einheit gemeinsam zum Abendessen in den großen Speisesaal im ersten Stock gegenüber der

Rezeption, so wie es uns beim Einziehen gesagt worden war. Da lief es ab wie in einem großen Selbstbedienungsrestaurant, wie ich es von Salzburg beim Forum am Hauptbahnhof kannte. Statt zu bezahlen, mussten wir nur bei der dort Dienst habenden Internatsschwester, unsere Zimmernummer angeben. Es ist uns gesagt worden, es gab immer ein warmes Abendessen, außer mittwochs und an Wochenenden oder Feiertagen. Einige trugen ihre blauen Dienstkleider, wie die Schüler Schwesterntracht hier genannt wurde. Wir Neuen betrachteten sie ehrfürchtig und wir Neuen wurden auch von allen neugierig beäugt.

Erst so um neunzehn Uhr, als wir drei schon längst wieder auf unserem Zimmer waren, erschien auch meine Zimmerkollegin mit zahlreichen Angehörigen zum Einzug. Sie stellte sich nur kurz vor und schien geweint zu haben. Sie war etwas kleiner als ich, schlank mit blondem schulterlangem gewelltem Haar und blauen Augen. Sie hieß, so wie ich Ulli.

Das war ja lustig !

Ihre Angehörigen räumten rasch ihre Sachen aus, dann verschwanden alle, inklusive Ulli wieder. Das war weniger lustig, aber wir würden sicher noch genug Zeit haben uns kennenzulernen. Sie erschien erst einige Minuten nach einundzwanzig Uhr wieder, nachdem ja alle vom ersten Jahrgang bereits vollzählig anwesend sein mussten und sie schien wieder geweint zu haben. Sie verschwand sofort nach dem sie zurück war, eine Ewigkeit im Bad, kam schließlich im Nachthemd zurück und richtete sich ihr Bett zum Schlafen. Gleich darauf erschien diesmal eine andere Internatsschwester um nach dem Rechten zu schauen, uns an den Weckruf am nächsten Tag um sieben Uhr Früh zu erinnern und um uns eine gute erste Nacht zu wünschen. Sie sagte uns auch noch einmal, wie wir sie erreichen konnten, falls wir etwas brauchen würden. Sobald die Internatsschwester gegangen war setzte sich Ulli dann auf ihren Schreibtisch vors Fenster, starrte hinaus und weinte leise vor sich hin. Ich versuchte erfolglos mit ihr ins Gespräch zu kommen, um sie zu trösten. Damit schaffte sie es stattdessen, dass auch ich plötzlich vor meiner eigenen Courage Angst bekam und überlegte, ob ich wohl das Richtige getan hatte und schließlich auch wieder ein paar Tränen weinen musste ! Ich drehte mich zur Seite und schlief nach nur wenigen Minuten ein.

So unglücklich fing unsere, dann aber Jahrelange unzertrennliche Freundschaft an, wo wir schließlich dann so was wie Schwestern waren. Nach unserem ersten Faschingsfest, wo ich als Pumuckl ging und wegen Ullis Familiennamen und unserem laufenden Unsinn, den wir gemeinsam so aushceckten, waren wir sehr rasch im ganzen Internat als Helmi und Pumuckl bekannt. Es war überhaupt die allerbeste Entscheidung meines Lebens bis dahin, nach Wien in die Krankenpflegeschule zu gehen ! Auch wenn wir noch so viel zu lernen hatten, kam der Spaß und die Abenteuer nie zu kurz. Ich mutierte in Wien sehr rasch, vom Außenseiter in der Pflichtschule in Salzburg, zur Rädelsführerin. Wir konnten nicht nur zu den Ferien, sondern auch jedes Wochenende nach Hause fahren, was ich anfangs auch noch gerne tat. Wobei für mich zu Hause bei Opa und Oma bedeutete. Da ich nun nicht mehr zu Hause wohnte, sondern im Internat erhielten meine Eltern vom Finanzamt einen Heimfahrzuschuss und ich erhielt die Kinderbeihilfe ausbezahlt. Damit musste ich mir nun meine Kleidung selbst kaufen und das Heimfahren Großteils selbst bezahlen. Mit schriftlicher Zustimmung meiner Eltern fuhr ich somit am Wochenende auch manchmal zu Muttis Cousin und seiner Familie nach Graz, die auch schriftlich dem Internat bestätigen mussten, dass ich das Wochenende bei ihnen verbracht hatte. Ich fing an im Zug zu lernen und fand dabei heraus, dass ich unterwegs, egal wo am leichtesten lernte, was bis heute so blieb. Auch Ulli war der gleiche Lerntyp und so waren wir in unsere Freizeit nach dem ersten Jahrgang, wo wir nur mittwochs nach der Schule unter der Woche das Haus verlassen durften, nur noch außer Haus.

Noch in der ersten Woche rief ich, wie versprochen Tante Hansi, Opas Halbschwester an. Wir konnten in der Halle im ersten Stock im Internat telefonieren. Dazu gab es zwei öffentliche Fernsprechapparate, einen für Wertkarten und einen für Münzen.

Tanze Hansi war zwar freundlich höflich, aber auch sehr bestimmt, mit dem was sie mir zu sagen hatte.

Sie meinte sie hätte es ihrem Bruder auch schon gesagt und es tat ihr leid für mich, aber sie hatte keine Zeit, sich um mich auch noch zu kümmern ! Sie musste ihrem Sohn täglich mit seinem Kaffeehaus helfen und war, so wie Opa auch, nicht mehr die Jüngste. Dazu hatte sie noch ihren eigenen Haushalt, den ihr auch niemand machte. Außer dem war da noch etwas aus der Vergangenheit, wo für ich am allerwenigsten etwas könne, was aber nicht schaden würde, wenn ich es auch wüsste. Vermutlich würde ich davon auch noch nichts wissen. Mutti war Opas Prinzessin Puppi, wie er sie damals nannte. Sie hatte keine Ahnung wie er darauf je hatte kommen können ! Mutti war einmal ein paar Tage bei ihr, weil sie sich Wien anschauen und ihren Großvater kennenlernen wollte. Niemand sagte ihr damals, dass Mutti das alles nur als Ausrede verwendet hatte, um ihrem Liebhaber, der in der Stiftskaserne stationiert war, Nachfahren zu können ! Den

Liebhaber hatte Mutti dann heimlich, als sie einmal alleine bei Tante Hansi in der Wohnung war, mit in ihr Zimmer zu Tante Hansi genommen ! Opa sollte Tante Hansi daraufhin beschuldigt haben, dass seine, ach so hübsche, Prinzessin Puppi bei ihr entjungfert worden wäre !

Tante Hansi meinte zum Abschluss noch, dass sie sich so etwas sicher nicht mehr antun würde und schon gar nicht mit Muttis Tochter und Opas Enkelin. Der Apfel fällt ja, bekanntlich nicht weit vom Stamm.

Etwas freundlicher sagte sie noch, dass es ihr Leid täte, dass ich nun da in Wien ganz allein wäre, aber ich würde sicher bald Freunde finden. Außerdem hätte ich schließlich auch in Salzburg was lernen können ! Damit wünschte sie mir noch alles Gute für meine Ausbildung, bat mich noch einmal eindringlich sie nicht mehr zu kontaktieren, verabschiedete sich und legte auf.

Als sie bereits längst aufgelegt hatte, starrte ich verdutzt auf den Telefonhörer in meiner Hand bevor auch ich auflegte.

Na, da hörte man ja schöne Sachen ! Sollte ich das wirklich glauben? Ich musste sofort auch Opa noch anrufen und ihm das alles sofort erzählen, auch wenn das Telefonieren von Wien nach Salzburg nicht billig war ! Ich staunte nicht schlecht als Opa

Tante Hansis Geschichte bestätigte ! Genaueres würde er mir am Wochenende, wenn ich nach Hause kommen würde erzählen und tröstete mich. Doch ich war nicht traurig über diesen Ausgang mit Tante Hansi, denn ich wollte diesen Kontakt ohnehin nicht besonders. So war Wien nun wirklich so wie ich es mir gewünscht hatte, nur meine Stadt, mein Wien, ohne irgendwelchen belastenden oder lästigen Verwandten !

23. Mein Wien

Wenn ich zwischendurch in Salzburg war, musste ich manchmal doch auch mit zu meinen Tanten und Vatioma, die jetzt bei einer unserer Tanten, mit dem großen Hsus wohnte.

Dort waren alle neuerdings immer viel freundlicher zu mir als bis dahin, auffallend interessiert an meiner Ausbildung und meinem Internatsleben. Es lag aber etwas, nicht greifbares in der Luft, das mich unwohl fühlen ließ. Manchmal, wenn ich dieses komische Gefühl kaum mehr ertragen konnte, begann ich Witze zu erzählen, doch das gefiel dort nicht immer allen.

Zudem hatten sie eine neue Angewohnheit.

Zusätzlich, zu den schon immer üblichen Tischgebeten, machten sie nun immer abends, bevor wir wieder heim fuhren einen Gebetskreis. Für meinen Geschmack war das sogar ganz nett, wenn auch etwas unüblich für meinen sonst eher feinen, aber weltlichen Umgang.

Jahre später sollte sich herausstellen, dass diese Abendgebete nur für mich eingeführt und abgehalten wurden, damit ich alleine in Wien nicht auf die schiefe Bahn geraten würde !

Wer weiß, vielleicht haben mir diese Gebetsrunden ja auch wirklich geholfen !

Ihre abendlichen Gebetsrunden waren auch ein spiritueller Zugang zu den weltlichen Dingen, ähnlich der, mir bekannten körperlosen Welt.

Bei diesen abendlichen Gebetsrunden beobachtete ich Vatioma immer verstohlen, ganz genau aus den Augenwinkeln und dachte dabei an die körperlose Welt.

Ich fragte mich jetzt nicht mehr, ob sie das dicke alte Rezeptbuch auch in diesem Leben besaß, sondern wo sie es wohl versteckt hatte und wem sie es diesmal wohl weitergeben würde. Es war ja ganz offensichtlich, dass Vatioma mir diesmal noch negativer gegenüberstand als bei unserer letzten Begegnung in unserem letzten irdischen Dasein. Also würde ich wohl diesmal nicht diese ehrenvolle Verantwortung übernehmen müssen, obwohl ich immer noch die gleiche überirdische Begabung ganz deutlich in mir fühlte. Bei einem Blick in die Runde der Anwesenden, konnte ich wirklich nicht sagen wer das wohl sonst sein könnte. Aber die Zukunft würde es uns schon ans Tageslicht bringen.

In Wien hatte ich aber ohnehin keine Zeit und keinerlei Interesse an verruchten Dingen teilzunehmen. Ich war froh, dass ich endlich aus dem Wahnsinn zu Hause heraußen und nun in normalen, bis feineren Verhältnissen war und hoffte, dass sich das auch nie mehr ändern würde !

Außerdem hatte ich mein Ziel, nach meiner Ausbildung nach Australien zu Herta zu gehen, nicht vergessen und immer noch vor Augen !

In Wien, wenn wir frei hatten, das Internat verlassen durften und nicht gerade lernen mussten, genossen wir die schönen Dinge, die Wien so zu bieten hatte. Davon gab es reichlich und wir würden Wien in den vier Jahren unserer Ausbildung, wohl nie zur Gänze kennenlernen können ! Wir hatten meistens kein Geld zum Fortgehen, aber das Tolle war, in Wien brauchte man das auch überhaupt nicht um eine schöne Zeit draußen zu verbringen und trotzdem noch etwas erleben zu können !

Meistens mussten wir aber in unsere Freizeit ohnehin lernen oder unser Zimmer für die wöchentlichen strengen Zimmerkontrollen putzen. Das Putzen wurde vor allem im ersten und zweiten Jahrgang ganz streng kontrolliert, damit wir es lernten und weil wir da noch nicht so viel für die Ausbildung zum Lernen hatten.

Einmal erwischten wir, im ersten Jahrgang, sogar eine Internatsschwester bei der Zimmerkontrolle.

Sie war auf ihren Knien, das Hinterteil hoch oben, mit dem Kopf unter dem Bett, tauchte dann wieder vor uns auf und streckte ihre Hand mit weißem Handschuh uns entgegen. Die Fingerspitzen auf dem Handschuh waren nicht mehr einhundertprozentig blütenweiß. Die Internatsschwester meinte dazu, dass es bei einer Zimmerkontrolle auch in der letzten Ecke einhundert Prozent sauber zu sein hätte und schon mussten wir die Kontrolle am nächsten Tag wiederholen, obwohl sonst alles im Zimmer einhundertprozentig sauber geputzt war ! Damit wurde unser Zimmer in der Halle gegenüber der Rezeption vor dem Eingang zum Speisesaal, am dort befindlichen schwarzen Brett, für alle deutlich lesbar, aufgeschrieben.

Wenn jemand putzen konnte, dann waren wir das, nach unseren absolvierten ersten beiden Jahrgängen !

Unsere Ausbildung wurde von Jahrgang zu Jahrgang immer härter und lernintensiver. Damit drückten die Internatsschwestern bei den Zimmerkontrollen im dritten und im vierten Jahrgang auch schon einmal ein Auge zu.

Anfangs genierten wir uns fürchterlich, wenn unser Zimmer dort aufschien. Im dritten und vierten Jahrgang aber wussten wir, dass es deutlich schlimmeres gab als nur wegen so etwas am schwarzen Brett zu stehen ! Wir lachten dann sogar selbst, wenn wir uns dort wiederfanden.

Vor dem Speisesaal waren auch die Postfächer angebracht. Alle stürmten sofort hin, sobald die Post fertig ausgeteilt war. Ich bekam regelmäßig Post von Horsti aus Kärnten und immer öfter auch von Herta, was mich besonders freute. Sie war mir eine richtige Stütze geworden, für meine kleineren und größeren Sorgen und Probleme. Sie gab mir, neben Opa und Oma, mit ihren Ratschlägen Halt und Hoffnung. Sie ließ mich durchhalten, wenn mir alles über den Kopf zu wachsen drohte und freute sich mit mir, wenn ich wieder etwas geschafft hatte. Sie hatte auch Verständnis für meine Schwärmereien und ihre Briefe taten mir damit einfach immer richtig gut.

Ab dem Beginn meiner Fachausbildung, also mit dem Beginn des zweiten Jahrgangs lernten wir was wirklich lernen bedeutete. Wir hatten zahlreiche Prüfungen, in nur kurzen Abständen, mit jeweils mehreren hundert Seiten Lernstoff. Das bedeutete für jeden Stress pur, vor jeder einzelnen Prüfung. Eine, geradezu ungeheuerliche Lernbelastung, neben dem Arbeiten, gefolgt von massiven Prüfungsängsten. Das führte dazu, dass jeder von uns anfing an seine körperlichen, geistigen und nervlichen Grenzen zu geraten. Mit anderen Worten, kurz vor einer Prüfung flippte jeder auf seine andere Art aus ! Es war dann im Internat, in den Stockwerken unseres Jahrgangs, wie in einem Irrenhaus. Es gab dann alles, was es eigentlich nicht gab ! Beginnend mit lachen, weinen, schreien, erbrechen über ruhelos umherlaufen gab es noch vieles mehr.

Auch unser Zimmer war davon nicht ausgenommen und wir entwickelten dabei vor der Prüfung und nach der Prüfung unser eigenes Ritual, um irgendwie durch diesen Wahnsinn zu kommen.

Zum Glück durften wir ab dem zweiten Jahrgang täglich außer Haus gehen und mussten, je nach Jahrgang erst um zweiundzwanzig bis vierundzwanzig Uhr zu Hause sein.

So fingen wir an, nicht nur außer Haus zu lernen, sondern in unseren Lernpausen spazieren zu gehen. Dabei pilgerten wir regelmäßig einmal vor einer Prüfung in den „Steffl"- in den Stephansdom- um Kerzen zu stiften, damit wir die Prüfung schaffen würden. Nach den bestandenen Prüfungen wiederholten wir unsere Pilger, um uns für Gottes Beistand bei der Prüfung zu bedanken.

Abends saßen wir von unserer Einheit, zu viert am Boden in unserem Zimmer und machten „Glaslruckn" um herauszufinden wie unsere Prüfungen, oder andere kleinere und größere Ängste und Sorgen ausgehen würden. Eine

Zimmerkollegin kam eines Tages damit an. Sie hatte davon wo gelesen und wollte es einmal ausprobieren. Dabei wurde im dunklen Zimmer ein Glas verkehrt auf dem Boden auf einen Bogen Packpapier gestellt.

Alle saßen darum herum die Finger der Schreibhand am Glas und eine brennende Kerze daneben.

Ein Geist, eines uns gut gesonnenen bekannten Verstorbenen wurde angerufen. Sobald die Flamme der Kerze unruhig flackerte wussten wir, dass der Geist nun da war und wir konnten unsere Fragen stellen. Wir mussten uns ganz darauf konzentrieren und unsere Finger das Glas konstant ruhig und nur leicht berühren. Das Glas fing an etwas zu vibrieren und fuhr wirklich, wie von Geisterhand von einem Buchstaben zum anderen und wusste auch Sachen aus der Vergangenheit, dass nur der Fragensteller und der gerufene Geist wissen konnten. Im Nachhinein wussten wir dann, dass der Geist auch mit der Zukunft immer Recht behalten hatte !

Meine Zimmerkolleginnen und ich waren fasziniert vom „Glaslruckn", wobei meine Freundinnen aus anderen Gründen begeistert waren als ich. Mich faszinierte vor allem die Technik, um mit der körperlosen Welt in Kontakt treten zu können. Sogar Menschen, die keine solche Gabe hatten wie ich, konnten offensichtlich mit dieser Technik ganz klar mit den Körperlosen kommunizieren !

Konnte es aber vielleicht nicht auch sein, dass es nur durch meine Anwesenheit so gut funktionierte? Auch unser Ritual mit den Kerzen im „Steffl" passte zu meiner besonderen Fähigkeit. An einer Messe in einer Kirche teilzunehmen hingegen hatte, interessanter Weise, nicht den gleichen Effekt !

Während einer Messe lag zwar auch etwas nicht Greifbares in der Luft, aber ich konnte einfach keinen persönlichen Kontakt mit der körperlosen Welt herstellen. Wenn ich jedoch, wo und wie auch immer, Zwiesprache mit drüben halten wollte, gelang das bis dahin immer, wenn auch nicht immer gleich leicht.

Auch unsere Ausbildung beschäftigte sich unter anderem in Psychologie und Neurologie mit solchen Phänomenen.

Evelyne, aus unserer Einheit war schließlich, nach dem Unterricht davon und dem Erfolg mit dem „Glaslruckn", so ergriffen vom Übersinnlichen, dass sie begann Bücher darüber zu kaufen und zu lesen und an uns zu verborgen. So kam es, dass wir alle sehr gut über Übersinnliches Bescheid wussten. Ja sogar Kartenlegen versuchten wir, auch wenn wir vermuteten, dass diese fragliche Kunst mehr Humbug als Kunst war !

Aber wir hatten doch Ehrfurcht davor, waren fasziniert, es beruhigte uns im Prüfungsstress und wir hatten auch Spaß damit.

Alles in allem war es mein Wien, meine Ausbildung, meine Freunde und vor allem mein Leben, in dem ich fühlte, endlich angekommen zu sein ! Ja sogar inklusive mit meiner körperlosen Welt war ich hier im Einklang mit meinen Freunden ! Ich war hier zu Hause, was wollte man da noch mehr !

Endlich ruhiges Fahrwasser für meine, bisher ordentlich durchgebeutelte Seele ! Ich fühlte es mit jeder Phase meines Körpers und genoss es bewusst in vollen Zügen !

Doch das sollte man bloß nicht einmal denken, wie mich mein späteres Leben noch mehrfach zeigen sollte !

24. Wiedersehen

Kurz nach den Weihnachtsferien im zweiten Jahrgang im Internat, wurde ich plötzlich ausgerufen, um für ein Telefonat in die Halle an die Rezeption zu kommen.

Opa war am Telefon. Er hatte eine sensationelle Nachricht für mich !

Ich sollte doch am kommenden Wochenende nach Hause kommen, denn Herta war da in Österreich und würde am Wochenende nach Salzburg zu Opa und Oma kommen !

Herta möchte mich da treffen !

Wow ! Was für eine Nachricht ! Natürlich würde ich da nach Hause fahren ! Was für eine Frage !

Schwindelich vor Freude taumelte ich nach dem Gespräch zum Lift, sauste jubelnd und tanzend oben über den Gang in mein Zimmer stürzte mich da auf meine ahnungslosen Freundinnen und umarmte weinend vor Freude eine nach der anderen ! Alle starrten mich verwirrt an, denn so hatten sie mich noch nie erlebt. Nur langsam beruhigte ich mich schließlich so weit, dass ich ihnen den Grund für meine grenzenlosen Freude erzählen konnte. Ich brauchte nur zu sagen „Herta ist in Österreich" und alle wussten sofort Bescheid, denn sie kannten Herta natürlich auch schon ganz genau aus meinen zahlreichen

Erzählungen !

Nun jubelten auch sie mit mir und alle beschlossen, dass das gebührend gefeiert werden musste. Wir klopften bei unseren Freundinnen in den anderen Zimmern und alle holten alles was sie hatten aus ihrem Eiskasten und sofort stieg eine ausgelassene „Welcome- Herta-Zimmerparty" !

Die folgenden Tage bis zum Wochenende vergingen für mich noch nie so quälend langsam, wie in dieser Woche, aber dann war es doch endlich so weit, und ich saß mit klopfendem Herzen im Zug nach Hause nach Salzburg.

Jetzt erst hatte ich Zeit, um überhaupt richtig über das bevorstehende Wiedersehen nachzudenken. Je mehr ich darüber nachdachte, um so nervöser wurde ich. Auch Opa hatte zu Hause Mühe mich zu beruhigen, denn bis am nächsten Tag waren es noch viele lange Stunden !

Endlich war es Samstag nachmittags und Herta stand das erste Mal wieder vor mir ! In mir jubelte alles ! Ich wusste, dass sie wiederkommen würde und da war sie nun wirklich wieder ! Eigentlich wollte ich ihr um den Hals fallen und sie drücken und nie wieder auslassen und ihr alles erzählen und sie ausfragen über Australien und sie bitten mich sofort nach Australien mitzunehmen ! Stattdessen stand ich da, mit wild klopfendem Herzen bis zum Hals, wie ein scheues Reh, drückte nur ihre Hand zu Begrüßung und brachte kaum ein Wort heraus !

Ihr neuer Mann Sepp und natürlich ihr Sohn Franz waren auch mitgekommen.

Hertas Mann hielt sich sehr zurück und es schien ihm der Besuch hier bei uns sehr unangenehm zu sein. Er hatte nichts Schlechtes getan, aber ich fand ihn einfach irgendwie unsympathisch.

Franz hätte ich sicher nicht wiedererkannt. Er war damals, als ich ihn das letzte Mal gesehen hatte, erst knapp zwei Jahre alt. Er war damals damit noch fast ein Baby und nun war er so groß wie ich und ein Jugendlicher. Wenn ich ihn mir so ansah, war er aber doch auch noch der Franz mit dem ich so oft in seiner Gehschule saß und mit ihm spielte.

Opa rettete schließlich, wie üblich die Situation und bat alle in unsere Wohnküche zu Kaffee und Kuchen.

Langsam lockerte sich die anfänglich angespannte Stimmung und bald wurde locker geplaudert und jeder hatte immer mehr zu erzählen und es gab auch einiges aus der gemeinsamen Vergangenheit zu lachen. Schließlich holte Opa sogar den Korb mit den Spielsachen. Franz und ich mussten uns für ein Erinnerungsfoto dann mit den Spielsachen, wie damals auf den Boden setzen. Das war für mich lustig, aber Franz hatte damit, wie Buben ebenso sind keine wirkliche Freude mit dem Theater.

Sepp und Franz verabschiedeten sich bald darauf, aber Herta blieb noch etwas länger und wollte dann selbst mit dem Bus in ihr Quartier fahren.

So hatte ich Gelegenheit mit Herta noch einen Spaziergang zu machen und allein mit ihr zu sprechen. Es war schon dunkel geworden und es war kalt. So hackte ich mich bei ihr unter und wir wanderten gemeinsam durch die nächtlichen Straßen von Salzburg.

Natürlich kamen wir sofort auf meinen Wunsch nach Australien auswandern zu wollen zu sprechen.

Ja das war eine sehr schwierige Sache, denn ich war ja noch nicht volljährig und mitten in meiner Ausbildung. Australien hatte strenge Einwanderungsregeln und würde in dem Fall eine unerschwinglich hohe Summe zur Sicherstellung von Herta für mich verlangen. Das war viel Geld, das Herta aber leider nicht zur Verfügung hatte ! Auch mein Englisch, nur aus der Schule war nicht ausreichend, um unten durch zu kommen !

Englisch würde ich in Australien sicher im nu lernen können, doch ich brauchte eine abgeschlossene Berufsausbildung und musste unbedingt volljährig sein ! Es wäre dann kein Problem mehr und Herta würde sich auch sehr freuen mich unten zu haben !

Also musste ich mich noch weiter gedulden, aber es wäre ja nicht mehr lange, verglichen zu wie lange es schon gedauert hatte. Nur noch zweieinhalb Jahre ! Die würden sicher sehr rasch vergehen, denn ich hatte noch viel zu lernen in meiner Ausbildung und zusätzlich sollte ich mein Englisch verbessern, damit ich es bei meinem Einleben unten dann leichter hätte als Herta, die es nur mit ihrem Hauptschulenglisch unten anfangs sehr schwer hatte.

Also würde ich weiterhin, bis es so weit sein würde, die tapfere Ulli sein, ganz so wie das Mädchen in dem Buch, nach dem ich getauft wurde !

Am nächsten Vormittag gab es dann noch ein Treffen in Salzburg mit Herta und ihren Männern in der Konditorei Fürst. Auch meine Großeltern, Eltern und Geschwister waren dabei.

Der arme Kellner dort hatte seine liebe Not mit uns, denn wir waren zweisprachig, Englisch und Deutsch, aber eben nicht alle. Franz, als einziger konnte nur Englisch. Meine Eltern und Großeltern konnten kaum Englisch und wir anderen konnten

Schulenglisch. Das führte schließlich, zu unser aller Belustigung dazu, dass der Kellner nicht mehr wusste wen er wie ansprechen sollte und meist just die falsche Sprache erwischte. Am Ende hatten wir alle eine riesige Gaudi dadurch.

Am späten Nachmittag musste ich mich auch schon wieder auf den Weg nach Wien machen, um rechtzeitig wieder im Internat zu sein.

Herta und ihre Männer waren leider nur wenige Tage beruflich in Österreich.

Daher gab es für mich nur noch ein kurzes Treffen in Wien mit Herta, wo sie sich mein Internat anschaute, dann mussten sie auch schon wieder zurück nach Australien, aber Herta versprach zu meiner Freude, dass wir uns nun sicher öfter sehen würden!

25. Hormonelle Verwirrung

Als hätten wir nicht schon genug Stress und Probleme mit unserer Ausbildung und mit dem Erreichen unserer gesteckten Ziele, pfuschte uns nun auch noch Mutter Natur ganz ordentlich in unser Leben !

Je höher der Jahrgang, den wir besuchten, umso mehr bekamen wir das zu spüren. Plötzlich gab es neben unseren Zielen und unserer Ausbildung auch noch ein immer wichtigeres Privatleben und unsere Körper hatten immer mehr Energie zur Verfügung. Damit fanden wir neben unserem Stress mit Schule, Arbeit, Lernen und Prüfungen auch noch sogar die Zeit, um fortzugehen.

Wir machten nicht selten Tagelang durch, ohne auch nur ein Auge zuzutun ! Das ging nur weil wir Blockunterricht hatten. Im Praxisblock wusste das Internat dann nicht wann wer am folgenden Tag zu arbeiten hatte und so konnten wir uns über Nacht austragen, auch wenn wir am nächsten Tag nicht frei hatten, was sonst verboten und auch erst gar nicht möglich war.

Meistens gingen wir dann tanzen und warteten bei unseren Bekanntschaften zu Hause bis das Internat um sechs Uhr früh wieder aufsperrte, gingen im Internat nur rasch duschen und weiter zwölf Stunden in den Dienst. Dann hatten wir unsere berühmt berüchtigten „Zahnstocherdienste". Was so viel bedeutete, dass wir so müde im Dienst waren, dass wir schon fast Zahnstocher gebraucht hätten, um unsere Augen überhaupt noch offen halten zu können!

So kam es, wie es kommen musste und einige verliebten sich, wurden schwanger oder brachen wegen nachlassenden Leistungen oder unergründlichen Sinneswandel plötzlich die Ausbildung ab.

Auch ich blieb davon leider nicht verschont!

An einem unseren Tanzabenden in unserem Stammlokal wurde ich wieder einmal, wie so häufig von einem unbekannten jungen Mann zum Tanzen aufgefordert. Er stellte sich mir vor. Er hieß Günther, war aus Oberösterreich und mit seinen Freunden hier in Wien auf Montage und feierte nun seit Tagen seinen Geburtstag. Er plauderte unaufhörlich und flirtete mit mir auf Teufel komm raus. Das taten aber auch schon seine Vorhänger und so hatte ich kaum Interesse was er alles so von sich gab. Ich wollte nur Spaß haben und einen guten Tanzpartner. Tanzen konnte Günther allerdings gar nicht schlecht. Als der Tanz zu Ende war, erklärte ich mich daher bereit noch weitere Tänze mit ihm zu tanzen und ließ ihn einfach nur plappern, lachte bei Witzen oder antwortete ihm nur nichtssagend.

Doch plötzlich wurde ich hell hörig.

Er erwähnte er hätte eine Schwester in Kärnten ganz in der Nähe meiner Freunde dort und wenn ich wollte könnte ich mit ihm einmal mit seinem Auto mitkommen, wenn er sie wieder einmal besuchen würde !

Wow, oh ja das wäre doch super, wenn ich so meine Freunde wiedersehen könnte !

Das war Grund genug für mich, dass Günther sich mit seinem Freund Heini an unseren Tisch zu Ulli und mir setzen durfte.

In den nächsten Wochen waren dann wir vier immer öfter gemeinsam unterwegs.

Günther hielt Wort und wir fuhren gemeinsam seine Schwester in Kärnten besuchen, doch aus einem Treffen mit meinen Freunden wurde, aus Zeitmangel leider nichts. Bald darauf besuchten wir auch seine andere Schwester in der Steiermark und wir wurden schließlich wirklich ein Paar.

Das Diplom war rasch zum Greifen nahe und alle begannen schon Pläne für die Zeit danach zu schmieden und suchten sich Arbeitsstellen. Auch ich hatte mich schon längst in Australien in einem Spital in Sydney beworben und musste nur noch fertig diplomieren und das Diplom übersetzt und beglaubigt in Kopie nachreichen. Aber wollte ich das jetzt wirklich noch ohne Günther? Er wollte dort auf keinen Fall hin! Günther redete zu dem auch noch auf mich ein, wie auf eine kranke Kuh, damit ich mich auch noch wo in seiner Nähe in Oberösterreich bewerben würde. Er war auch seit einiger Zeit nicht mehr auf Montage in Wien und kam mich in Wien nur noch selten besuchen. So fuhr ich stattdessen zu ihm in das Haus seiner Eltern, wenn ich frei hatte.

Ich war von meinen Gefühlen hin und her gerissen! Ich wollte doch zu Herta nach Australien! Ich wollte aber auch mit Günther zusammenbleiben und wie es aussah würden wir sogar heiraten. Schließlich gewann doch Günther und ich bewarb mich in Oberösterreich. Ich bekam eine Stelle am Traunsee. Das war immer noch recht weit weg von ihm, aber sobald eine nähere Stelle frei sein würde könnte ich mich ja immer noch näher versetzen lassen.

Doch kurz vor unseren letzten Diplomprüfungen geriet alles aus den Fugen.

Günthers Eltern stellten Günther unvermutet, als ich gerade bei ihm war, ein Ultimatum. Er musste sich innerhalb von wenigen Tagen entweder für die Übernahme seines Elternhauses oder für mich und damit gegen die Übernahme von dem Haus entscheiden. Bis zur Entscheidung brachte mich Günther, auf Wunsch seiner Eltern sofort mit allen meinen Sachen aus dem Haus und zu meinen Großeltern nach Salzburg.

Alle meine Überredungsversuche sich gegen das Haus zu entscheiden prallten scheinbar ungehört an Günther ab. Er war wie besessen dieses Haus übernehmen zu wollen und damit war die Beziehung für ihn beendet !

Nun folgte eine völlig orientierungslose Zeit für mich, denn nun wollte ich natürlich nicht mehr die Stellung in Oberösterreich annehmen, nach Australien konnte ich auch nicht sofort, denn dazu fehlte mir das nötige Geld. Zurück nach Salzburg wollte ich, ganz sicher nicht mehr und zu Wien hatte ich eine wahre Hassliebe, denn bis dahin kannte ich von Wien nur den stark verbauten Teil.

Zu allem Überfluss schaffte ich, durch diesen entwurzelten Zustand mein Diplom erst im zweiten Anlauf.

Durch den jahrelangen Prüfungsstress litt ich an chronischer Gastritis und verlor dadurch über die Jahre fast fünfzehn Kilo, aber nun wurde ich noch dünner. Opa machte damit immer wieder Witze und sagte so Sachen wie: „heute wird es windig dann schepperst du wieder, pass auf, dass du nicht durch den Ausguss rutschst, heute ist es stürmisch da müssen wir dir ein Bügeleisen umhängen damit dich der Sturm nicht verbläst ..."

Plötzlich rann mein Leben nur noch an mir, wie in einer Zeitrafferaufnahme vorbei.

Es folgte ein Orientierungsaufenthalt völlig allein auf Mallorca, wo ich nur lachte und bis dahin meinen tollsten Urlaub meines Lebens hatte.

Gefolgt von wenigen Wochen Anstellung in Salzburg, doch wieder zurück in Wien, wo ich meine große Liebe kennenlernte, der mich aber immer wieder fallen ließ. Auch davon hatte ich eines Tages genug. Die Zeit kostete mir eine Menge Geld. Also war wieder nichts mit Australien. Ich musste räumlichen Abstand von diesem Menschen schaffen, also ging ich wieder zurück zu meinen Großeltern, aber er folgte mir. Es dauerte nicht lange und wir waren wieder zurück in Wien. Ich lernte doch noch Tante Hansi kennen und lieben ! Sie sagte bei jeder Gelegenheit ich wäre ihre Liebe auf den ersten Blick gewesen ! Dann stand ich auch schon als Braut vor dem Standesbeamten, wo mir gerade nur zum Weinen war und am liebsten davonlaufen wollte ! Hätte ich es doch nur getan !

Da war ich auch schon als junge Mutter weinend unter dem Christbaum und alleine weinend mit der Nachbarin, uns sinnlos besaufend am ersten und letzten Hochzeitstag, gefolgt von Scheidung alleinerziehend voll berufstätig mit einem

Kleinkind ! Ich wurde belogen, betrogen und bestohlen !

Australien war damit wieder in weite Ferne

gerückt ! Wie habe ich nur so dumm sein können !

Kaum hatte ich mich gefangen entschied ich mich gegen die geplante Sterilisation zu Gunsten von Führerschein und Auto.

Mit diesem Auto fuhr ich schon kurz nach dem Kauf, wie sollte es mit meinem Glück sonst auch anders sein, neuerlich Vollgas in mein nächstes Dilemma !

Günther lief mir damit wieder über den Weg und schon ein Monat später war ich schwanger !

Noch nicht lange hatten sich die Wogen in meinem Leben etwas gelegt, hatte mein Leben wieder im Griff und war endlich wieder ausgeglichen und so was ähnliches wie glücklich und schon war ich wieder aus der Bahn geworfen !

Da war ich mit zwei Kindern am Land im Nirgendwo, mit dem Gefühl als wäre ich ein

Schauspieler, dem sie das Publikum gestohlen hatten, dafür im selben Haus mit einer Hexe Schwiegermutter.

Es folgte die Flucht, mehr oder weniger, bei Nacht und Nebel mit einem Kleinkind und einem schulpflichtigen Kind im Gepäck ins Blaue fahrend und mit Mutti, die mir in Zukunft die Kinder beaufsichtigen wollte, wenn ich statt als fixe Stationsschwesternvertretung zu Bürostunden, wieder in Wien als Krankenschwester am Bett rund um die Uhr arbeiten würde.

Kurz nach der Landung in Wien, alleingelassen von der eigenen Mutter und einem Kindsvater der nur Besucherstatus hatte, nicht wissend wie ich in den nächsten Tagen Dienst machen könnte, denn ich hatte keine fixe Kinderbetreuung mehr für die Nächte, Wochenenden und Feiertage !

26. Gefängnis ohne Gitter

Verschwitzt und mit einem Angstschrei fuhr ich verstört aus dem Schlaf hoch. Es dauerte, bis ich mich wieder orientieren konnte ! Wo war es gerade schlimmer? Erst noch im Traum oder nun hier zurück in der Realität?

Vor dem Schlafzimmer hörte ich meine beiden Kinder leise herumschleichen immer wieder sagte mein Großer raunend: „ pst leise sonst wacht Mama auf dann müssen wir den Fernseher wieder ausschalten".

Ich musste trotz allem lachen. Sie konnten so süß miteinander sein, wenn sie auf sich selbst gestellt waren ! Doch wehe, wenn ich aufstehen würde ! Dann würden sie wieder den ganzen Tag streiten, vom Augen aufmachen bis zum Einschlafen !

Heute war mein freier Tag. Das ganze Wochenende hatte ich diesmal frei und damit war ich wieder, wie immer allein mit den Kindern, denn dann musste Günther immer nach Oberösterreich um in seinem Haus, sein Elternhaus wofür er mich damals fallen gelassen hatte, nach dem Rechten schauen und seine Mama besuchen, die mich immer noch nicht leiden konnte.

Nach meiner Flucht von dort, vermeide ich es tunlichst dort mit hin zu fahren, wenn immer es möglich war.

Auch meine Mutter hatte, entgegen ihren Beteuerungen, mich doch wieder mit den Kindern allein gelassen und ist wieder nach Salzburg gezogen, weil nun auch mein Bruder mit seiner Familie dort wieder wohnte. Hätte ich doch nur auf mein Bauchgefühl gehört, dann hätte ich jetzt einen Job, wie früher jahrelang, von Montag bis Freitag und die Kinderbetreuung wäre kein Problem ! Aber nein, ich musste auf meine Mutter hören, die mir einredete, doch eine weniger verantwortungsvolle Position, als zuvor anzunehmen und zurück zugehen in das Haus, wo ich war und einfach wieder am Bett zu arbeiten, weil sie sich ohnehin um meine Kinder kümmern würde ! Nun saß ich hier fest, wie mein Bauchgefühl es befürchtet hatte, und wusste nicht wer am Montag Philip vom Kindergarten abholen würde ! Ich wusste nicht einmal wer auf meine beiden Kinder für meinen nächsten Nachtdienst schauen würde, wenn Günther mit seiner LKW-Tour doch nicht bei uns schlafen konnte ! Dann müssten die Kinder wieder allein schlafen und allein in der Früh aufstehen, sich fertig machen für den Kindergarten und für die Schule. Benjamin, mein Großer, musste dann Philip in den Kindergarten bringen und dann selbst erst in die Schule gehen ! Bis jetzt ging das zum Glück jedes Mal alles gut, aber was wäre, wenn ..... ! Nicht auszudenken, wenn sie mir die Kinder wegnehmen würden oder noch schlimmer, ihnen würde etwas zustoßen ! In solchen Nachtdiensten ging ich jedes Mal vor Sorgen um die Kinder durch die Hölle, aber ich konnte es jetzt einfach nicht mehr ändern ! Was auch immer ich schon überlegt hatte, es ging einfach nicht ! Hätte ich doch bloß nicht auf meine Mutter gehört ! Aber jetzt ist es zu spät und ich musste da mit meinen Kindern einfach durch und hoffen, dass alles gut gehen würde ! Wenn bloß Günther zur Vernunft kommen würde und wenigstens er, wie andere Familienväter auch für uns da sein könnte ! Schließlich war er es, der mich bekniet hatte unbedingt ein Kind von ihm zu bekommen ! Als ich mit Benjamin noch allein war, war mein Leben geregelt und ich brauchte nur Unterstützung, wenn Benjamin krank war. Ich war dabei sogar kariere zumachen ! Was hatte ich jetzt?

Mit einem tiefen Seufzer erhob ich mich schließlich aus meinem Bett und schlich leise aufs WC und ins Bad um die Kinder wenigstens bis zu meinem ersten Kaffee friedlich zu halten und mir nicht sofort nach dem Aufstehen ihre Zankereien anhören zu müssen.

Beim Zähneputzen sah ich mir ins Gesicht. Ich sah fürchterlich abgespannt aus mit tiefen Ringen unter den Augen. Mein Blick war traurig und sorgenvoll. Kein Wunder, wenn man meine Sorgen bedachte und meine Schlafdefizite. Wie oft konnte ich nur wenige Stunden und das oft sogar nur mit Unterbrechungen schlafen !

Ich wusch mir mein Gesicht, zog meine Lidstriche und übte dabei im Spiegel fröhlich und heiter für meine Kinder dreinzuschauen. Dann ging ich, von den Kindern immer noch unbemerkt in die Küche, um mir Kaffee zu machen. Die Kinder waren wie üblich um diese Zeit, wenn sie frei hatten im Wohnzimmer bei geschlossener Türe und schauten fern. Da sie sonst nicht schauen durften, war der Fernseher der beste Babysitter, wenn ich für Nachtdienste am Nachmittag schlafen musste oder sie wieder einmal allein sein mussten !

Mein Kaffee war fertig und ich ging damit ins Wohnzimmer. Nach einem fröhlichen guten Morgen, ging es auch schon los: Mama der Benny hat ......, nein aber der Philip ..... !

Ich ging zum Fernseher schaltete ihn aus und schickte die Kinder ins Bad und zum Anziehen. In der Zeit konnte ich wenigstens meinen Kaffee in

Ruhe trinken und mir Gedanken machen was heute alles zu tun war und was ich mit den Kindern nettes unternehmen konnte.

Es dauerte nicht lange und die Kinder waren fertig gekleidet. Auch ich hatte meinen Kaffee fertig getrunken und beschloss mit den Kindern erst einmal schnell das Nötige einzukaufen, damit später nicht so viele Leute waren. Dann würden wir wo raus fahren auf einen großen Spielplatz oder durch die Stadt bummeln, abends was für die Schule mit dem Großen üben und wir wollten zusammen im Fernsehen eine Show anschauen. Klang ja nach einem netten Tag ! Man musste sich eben nach der Decke strecken und immer das Bestmögliche aus der jeweiligen Situation machen.

So machten wir das mittlerweile schon eine geraume Zeit ! Ich war stolz auf meine beiden Söhne, wie gut sie doch die sehr schwierige familiäre Situation meisterten und war aber auch sehr traurig, dass sie es so schwer hatten, wo ich mir doch für meine Kinder immer ein intaktes liebevolles zu Hause gewünscht hatte, wenn schon ich das als Kind nicht haben konnte !

Abends, wenn die Kinder schon lange schliefen, saß ich oft allein stundenlang in der Küche auf der Anrichte. Dabei schaute ich aus dem Fenster im siebten Stock über die Dächer des nächtlichen

Wiens, trank Wein, träumte und weinte auch oft und dachte ich hatte Gefängnis ohne Gitter !

So wie in meinem Traum, betete ich auch oft dabei und redete mit meinen körperlosen. Mittlerweile waren Opa und Oma schon dort und auch Opas Schwester Tante Hansi ! Sie alle fehlten mir ganz besonders, denn sie waren es die mir Konstanz, Halt und sehr viel Leibe entgegenbrachten, was mir jetzt alles ganz besonders fehlte ! Auch sehr viele Bewohner aus dem Pensionistenheim, in dem ich arbeitete, waren nun schon dort. Die meisten waren mir sehr ans Herzgewachsen. Besonders die anfänglich sehr schwierigen waren mir immer bald sehr zugetan und versprachen, wenn sie erst mal drüben wären, würden sie mein Schutzengel werden und mich beschützen, da ich ein besonders wertvoller lieber Mensch wäre.

Eines Tages fiel mir in einer Schütte in einer Buchhandlung zufällig ein Buch in die Hände, das als Anleitung zum Kartenlegen mit Tatortkarten diente. Sofort erinnerte ich mich an Evelyn vom Internat damals, die auch mit einem solchen Buch eines Tages ankam und uns die Karten legte. Jetzt, rückwirkend gesehen, hatte sie damals Recht gehabt, mit dem was sie mir damit vorhergesagt hatte ! Ich blätterte, neugierig geworden darin. Intuitiv wusste ich, dass das wohl ein Zeichen von drüben sein musste und beschloss es gemeinsam mit Tarotkarten zu kaufen. Eine ideale Beschäftigung für mich, für meine einsamen Abende !

Damit saß ich dann abends nicht mehr nur am Fenster in der Küche, sondern immer wieder auch dort am Boden mit einem Glas Rotwein, nur das Licht vom Dunstabzug eingeschaltet mit diesem Buch und den Karten vor mir am Boden.

Es dauerte nicht lange und ich bekam Übung darin mir selbst die Karten zu legen. Zu meinem Erstaunen stimmten die Ergebnisse aus den Karten mit dem was dann tatsächlich geschah wirklich, überein. Ich konnte es nicht fassen, glaubte aber immer noch nicht wirklich an dieses Kartenlegen und hielt die Übereinstimmungen einfach für pure Zufälle. Das sollte sich jedoch bald ändern

27. Rabenmutter

Man möchte es nicht glauben aber nach drei
Jahren Besucherstatus und den ständigen
zerrissenen Wochenenden wurde es selbst Günther
zu dumm und hatte sein Elternhaus samt allen
dazugehörigen Pflichten doch noch an seinen
Bruder überschrieben! Er war sogar auch selbst
heilfroh, dass er es dann loshatte!

Einziger Wermutstropfen war, dass ihm das Haus
ordentlich was gekostet hatte, solange es sein
Eigentum war und er auf einem Berg Schulden
sitzen blieb. Doch nun ging es endlich Berg auf und
wir waren jetzt eine richtige Familie! Endlich war
er für mich und die Kinder da!

Gerade rechtzeitig zur einsetzenden Pubertät
unseres Großen!

Benjamin war bis dahin immer ein vernünftiges und
für sein Alter reifes Kind gewesen und in der
ganzen Volksschulzeit, der beste Schüler seiner
Klasse! Benjamin musste sich die ganzen Jahre
über nie dafür anstrengen! Er freute sich schon
bald ins Gymnasium gehen zu können und war sehr
stolz darauf. Er war auch heil froh, dass er nicht in

die Hauptschule gehen musste, wo er nur einer der wenigen inländischen Schüler gewesen wäre.

Diese Einstellung änderte sich jedoch, als ihm bewusstwurde, dass er, sobald er im Gymnasium war, doch eine Menge zu lernen hatte. Das passte ihm, bis dahin verwöhnt vom Nichtstun, dann doch nicht besonders.

Auch mit Philip, nun in der ersten Klasse Volksschule, gab es Probleme. Die waren aber ganz anderer Natur. Da hieß es immer „Er ist ein so lieber Bub, so gut erzogen, aber er tut sich halt sehr schwer". Er musste sich also schon in der ersten Klasse hinsetzen und lernen, um am Ball zu bleiben ! Das hieß, ich musste zu meiner Arbeit nun auch noch plötzlich mit beiden Kindern täglich lernen ! Dem noch nicht genug !

Meine Mutter besuchte uns manchmal und bei ihr fand Benjamin Verständnis und Unterstützung für sein Problem, nicht lernen zu wollen. Bald ging meine Mutter deshalb offen neben den Kindern auf mich los. Der arme Benjamin ! Ich würde die Kinder drillen und so weiter ! Durch diese Unterstützung wurde Benjamin immer bockiger ! Trotz meiner Bemühungen inklusive Unterstützung von Lernplattformen, Schaltete Benjamin auf Stur und blockierte schließlich komplett ! Er schaffte es im Halbjahr der zweiten Unterstufe schließlich sieben

Nichtgenügend, inklusive reinen Lerngegenständen zu produzieren ! Auch bei meinem Bruder fand Benjamin in den Ferien Gehör ! Mein Bruder glaubte anscheinend alle Geschichten, die er von Benjamin aufgetischt bekam und schimpfte mich zu allem Überfluss auch noch „Rabenmutter"!

Das traf mich sehr, wo mir meine Kinder das Wichtigste auf der Welt waren und immer sein würden. Ich setzte meine ganze Kraft in meine Kinder, dass ihnen nur ja nichts abging und nun musste ich mir das sagen lassen !

Benjamin wurde durch die Unterstützung meiner Mutter und meines Bruders immer stärker und akzeptierte bald nichts mehr, was ich ihm sagte, ja er kam nicht einmal nach der Schule nach Hause ! Er schimpfte mich aufs wildeste und versuchte sogar mich zu schlagen ! Auch er nannte mich bald

„Rabenmutter" !

Günther schimpfte mich auch ! Ich hätte bei der Erziehung versagt !

Meine Verzweiflung trieb mich eines Tages schließlich auf den Friedhof zu Tante Hansi.

Sie hatte mir zu Lebzeit immer viel aus ihrem Leben erzählt. Unter anderem auch was für ein Fratz sie am Ende ihrer Volksschulzeit war. Sie wuchs bei ihrer Mutter und Großmutter auf, die beide

Marktfrauen waren und sich dort, mehr Recht als schlecht mit dem „Schleich" im Krieg über Wasser hielten. Am Markt war das Publikum nicht besonders gut und so lernte sie da so manches was man eigentlich nicht tun sollte. Sie begann zu lügen und stehlen und so weiter. Bis es ihrer Mutter dann eines Tages reichte und sie zum Glück, gegen den Willen ihrer Großmutter, in ein Internat steckte. Ihre Mutter soll zu ihrer Großmutter dabei gesagt haben „das Dirndl kommt weg und wenn ich Tag und Nacht dafür reiben gehen muss !" Tante Hansi erzählte auch immer wieder mit voller Freude davon. Sie hatte dort, nach den anfänglichen Schwierigkeit, die schönste Zeit ihrer Kindheit !

Als ich da so verzweifelt an Tante Hansis Grab stand fing ich plötzlich bitterlich zu weinen an. Die Tränen rannen mir dabei, wie eine wahre Sturzflut über meine Wangen und ich konnte gar nicht mehr aufhören damit. Dabei sagte ich immer wieder laut „... was soll ich nur tun, ich kann nicht mehr, was soll ich nur tun, ich habe einfach keine Ahnung mehr was ich noch tun könnte, um Benjamin zu helfen, was soll ich nur tun, ich kann nicht mehr, warum hilft mir denn niemand ...."

Plötzlich hörte ich Tante Hansis Stimme sagen „Was habe ich dir immer von mir erzählt, gib ihn in ein Internat"

Ich stutzte, hörte zu weinen auf und sah mich um, aber da war niemand ! Aber es war doch Tante Hansis Stimme gewesen ! Was sagte sie? Ich dachte sofort an meine bisherigen Erfahrungen mit den körperlosen und sah mich noch einmal um. Da war immer noch niemand zu sehen. Also fasste ich mir ein Herz und fragte laut „was hast du gesagt Tante Hansi?"

Da war wieder Tante Hansis Stimme, die erneut sagte „Denk an das was ich dir immer von mir erzählt hab, gib ihm in ein Internat !" Wow, ja das wäre es ! Aber wo gibt es so ein Internat? Das konnte ich mir sicher nicht leisten ! Ich fragte das alles noch einmal Tante Hansi, doch nun schwieg sie beharrlich.

Ich starrte noch eine ganze Weile auf das Grab vor mir und hatte aufgehört zu weinen. Meine Gedanken drehten sich im Kreis über das, was mir Tante Hansis Stimme gesagt hatte. Nach einer Weile erkannte ich, dass es keinen Sinn machte noch länger hier zu stehen. Ich schnäuzte mich gründlich, bedankte mich laut bei Tante Hansi und verabschiedete mich. Flotten Schrittes ging ich zurück zu meinem Auto. Ich konnte es plötzlich gar nicht mehr erwarten nach Hause zu kommen und das Telefonbuch nach einem Internat zu durchsuchen !

Zu Hause angekommen stürzte ich mich sofort auf die Telefonbücher und durchforstete sie gründlich. Die Kinder fragten mich sofort was ich in den Büchern suchen würde. Ich antwortete nur ausweichend „ich will nur überprüfen, was ich gerade von jemanden gehört habe". Damit gaben sie sich zufrieden und verschwanden wieder in ihrem Kinderzimmer, wo es nicht lange dauerte, bis sie sich wieder stritten !

Dann das unfassbare ! Da gab wirklich, zwei Internate in Wien! Eines fiel sofort aus, denn es war katholisch geführt und ich konnte bereits auf unzählige negative Erfahrungen mit Klosterschwestern zurückblicken. Dazu kam, dass ich nun zwei Kinder von zwei unterschiedlichen Vätern hatte geschieden war und nun in wilder Ehe lebte. Das war von dem her schon, in einer solchen Einrichtung, zum Scheitern verurteilt. Also blieb nur das eine noch übrig. Als ich es las, gefiel es mir auf Anhieb und auch mein Bauchgefühl meldete sich augenblicklich mit positiver Zustimmung !

Es war ein Fußballinternat mit angeschlossenem Realgymnasium, noch dazu mit dem schon anheimelnd klingenden Namen „Himmelhof" !

Schon bald war alles geklärt. Das Internat kostete nicht mehr als Philips Kindergarten, es gab noch Platz für Benjamin und er konnte die zweite Unterstufe dort ohne Probleme im kommenden

Schuljahr wiederholen. Nach einer anfänglich schwierigen Eingewöhnungsphase war auch Benjamin gerne dort und unser Familienleben kam wieder in ruhigeres Fahrwasser. Benjamin war schließlich so begeistert vom Internatsleben, dass sogar Philip später in dieses Internat gehen wollte !

28. Am Wendepunkt

Langsam durchschlich mich ein Gefühl, dass alles an ein Ende kam.

Unser Mietvertrag lief bald ab und wir zogen, nach einer glücklichen Fügung in der Nähe in einen Neubau.

Benjamin verliebte sich ernsthaft in eine zwei Jahre jüngere Mitschülerin vom Internat und zog mit sechzehn auf Wunsch ihrer Eltern, zu ihr und ihren Eltern. Er hatte dort mit ihr eine eigene abgeschlossene Wohnung innerhalb der Wohnung ihrer Eltern ! Dazu sorgten ihre Eltern dafür, dass Benjamin eine gutbezahlte kleine Tätigkeit fand. Er führte dabei Innenreinigung von Autos gut betuchter in der Firma des Onkels seine Freundin durch. Damit hatte Benjamin plötzlich mehr Geld zu Verfügung als ich nach Abzug aller Fixkosten.

Des einen Freud des Anderen Fluch.

Es dauerte nicht lange und das viele Geld wuchs Benjamin über den Kopf. Hatte ich ihn nun mit Internat und einem leistungsorientierten Taschengeld wieder an den Ball gebracht, fing er nun wieder an mir zu entgleiten und lachte mich wegen dem geringen Taschengeld, das er im Vergleich von mir bekam, aus. Er verzichtete schließlich problemlos darauf, wenn ihm was nicht in den Kram passte. Seine schulischen Leistungen ließen wieder nach und bei Philip wurde Legasthenie festgestellt. Auch er musste eine Klasse wiederholen, allerdings auf mein Verlangen, damit er die Volksschule mit besseren Noten beenden konnte.

Alles schien mir neuerlich zu entgleiten. Ich bekam schon bald den Eindruck, je mehr ich mich auch anstrengte, desto mehr wurde mir aufgeladen. Ganz so als würde ich wie wild Kartoffel schälen, aber der Berg ungeschälter Kartoffeln würde trotzdem immer mehr statt weniger werden ! Ich begann schließlich mit meinem Dasein verzweifelt zu hadern und bat mehrfach den Vater aller inständig mir doch bitte zu helfen !

So lange bis er mir schließlich wirklich mit einem Traum antwortete !

Bald würde schon Muttis siebziger vor der Tür stehen. Dieser Geburtstag sollte etwas ganz Besonderes werden, denn es wäre die letzte Gelegenheit dazu ! Danach würde nichts mehr so sein, wie es bis dahin gewesen ist !

Die Probleme in den nächsten Tagen mit den Kindern und in meiner Arbeit, der andauernde Stress, Muttis Siebziger stand nun wirklich bald an und dazu noch mein Bauchgefühl, dass alles zu einem Ende kommt !

Es dauerte nicht lange und ich hatte einen neuerlichen furchtbaren Alptraum.

Ich wachte auf einer Intensivstation, an ein Beatmungsgerät angeschlossen auf und ich würde nie mehr so leben können wie bisher ! Ich fragte warum, warum Herr? Er antwortete, damit sich mein Leben zum Besseren ändern konnte, so wie ich ihn gebeten hatte ! Nein, bitte nicht, doch nicht um diesen Preis ! Bitte gib mir mein Leben zurück, wie es bisher war ! Ich werde nie mehr damit hadern ! Meine Kinder brauchen mich doch noch ! Der Herr antwortete nur „zu spät es gibt kein Zurück mehr !"

Schweißgebadet und völlig verstört kehrte ich aus diesem Traum in die Realität zurück.

Dieser furchtbar real wirkende Traum beschäftigte mich so sehr, dass ich mir, nach langem wieder einmal selbst die Karten legte.

Die Karten zeigten mir schwere Probleme in der Familie, Krankheit, den Tod, meine Mutter und eine mütterliche Freundin, die für mich später da war.

Aus welchem Blickwinkel auch immer ich dieses Ergebnis betrachtete, die Karten konnten mich nicht beruhigen. Die Probleme mit den Kindern und in meiner Arbeit, der andauernde Stress, Muttis Siebziger stand nun wirklich bald an und dazu noch mein Bauchgefühl, dass alles zu einem Ende kommt !

Also wegen Muttis Geburtstag. Meine Geschwister und ich wussten auch schon wen wir dazu einladen würden. Muttis Geburtstagsfeier sollte eine Überraschungsparty werden und in Graz stattfinden. So weit waren sich meine Geschwister und ich uns ja noch einig. Mit Tanzmusik, Lokal, Essen, eventuellen Spielen oder Darbietungen, ob Mutti zusätzlich noch ein Geschenk bekommen sollte und vor allem was es kosten durfte, das war dann doch etwas ganz Anderes. Die Vorbereitungen für dieses Fest entwickelten sich schließlich zu einer wahren Zerreißprobe unter uns Geschwistern und raubte mir gefühlt meine letzte Kraft. Zu der Zeit hatte ich in der Arbeit, zu allem Überfluss noch unregelmäßig eine enge Abfolge an Tagdiensten und Nachtdiensten zu leisten. Das führte dazu, dass ich auch noch, kurz vor Muttis Geburtstagsfeier eine schwere Erkältung, am Rande einer Lungenentzündung bekam, von der ich mich bis zur Feier nicht mehr erholte, obwohl ich es sogar ambulant abklären lassen hatte.

Muttis Geburtstag war da und damit ging dann alles Schlag auf Schlag. Am Ende meiner Kräfte, holte ich Mutti bei uns in Wien ab, wir feierten mit ihr bei uns zu Hause, so wie sie es ja selbst geplant hatte, nur klein und machten mit ihr ihren geliebten Stadtbummel und wir konnten ihr nur mit Mühe einen Heurigenbesuch, wegen der geplanten Überraschung am kommenden Tag, ausreden.

Am Heimweg ging ich flott etwas voraus.

Vor der Kirche dann gab es mir plötzlich einen Stich in der Brust und ein starker Schmerz zog sich in meinen linken Arm. Mir wurde schlecht, schwindelig und kurz schwarz vor Augen. Bis die anderen aufschlossen, hatte ich mich wieder gefangen. Nur ein seltsames schwebendes Gefühl blieb zurück. Ganz so, als wäre ich nicht mehr ich selbst. Was war das? Ein Infarkt? Aber nein ! Das war nur eine Einbildung und auch kein Wunder bei dem Stress und den verrückten Diensten in den letzten Wochen ! Ich hätte es normalerweise sicher, abklären lass, aber dazu war nun einfach keine Zeit. Muttis Siebziger musste schließlich nun, wie geplant über die Bühne gehen !

Das war jetzt das aller wichtigste ! Danach hatte ich ohnehin noch jede Menge Zeit, damit ich mich um mich selbst kümmern konnte.

In dieser Nacht hatte ich immer wieder Hustenanfälle und musste mehrfach aufs WC.

Trotzdem und als ob ich eine Marionette gewesen wäre, fuhr ich selbst, wie geplant mit meinem Auto meine Mutter, Günther und die Kinder zeitig in der Früh nach Graz.

Dort dann die Begrüßung aller Gäste, die Party, mit allen Beiträgen bis in die frühen Morgenstunden, wie eine Hochzeit, wo ausnahmslos alle tanzten, wurde ein voller Erfolg !

Am Morgen nach Muttis Geburtstagsfeier, fühlte mich, seit dem Vorfall vor der Kirche, immer noch sehr schwach und als wäre ich nicht mehr ich selbst. Daher fuhren wir bald nach dem gemeinsamen Frühstück im Gasthof mit allen Verwandten, nach Hause.

Günther und die Kinder schliefen auf der Heimfahrt, wie immer. Mir wird heute noch schlecht, wenn ich daran denke, in welcher Gefahr sie in Wahrheit waren und was alles hätte alles passieren können !

Kaum zu Hause angekommen ging ich nur noch duschen und völlig fertig ins Bett und schlief sofort ein; hatte ich doch am nächsten Tag wieder Dienst !

Von da an war nichts mehr wie vorher !

Bald er wachte ich wieder ! Benjamin war schon wieder weg. Günther und Philip schliefen. Ich bekam keine Luft ! Ich schaffte es noch die Rettung zu rufen und Günther zu wecken !

Ich wurde mit Blaulicht ins Spital eingeliefert, wo ich mich auf der Intensivstation wiederfand und sich der Verdacht auf Lungenentzündung und ein zwei bis drei Tage alter Herzinfarkt bestätigten ! Zusätzlich wurde noch ein Aneurysma am Herzen diagnostiziert, das mir aber wohlweislich verschwiegen wurde !

Bald stellte sich heraus, dass ich in einigen Tagen, sobald ich mich stabilisiert haben würde am offenen Herzen operiert werden müsste, danach für mindestens fünf Tage im Tiefschlaf sein würde und daraus, angeschlossen an eine Beatmungsmaschine aufgeweckt werden würde. Erst sobald ich lange genug wach war, um wieder selbst atmen zu können würde ich von der Beatmungsmaschine entwöhnt werden können ! Dabei hätte ich eine Überlebenschance von fünfzig Prozent !

Was für ein Schlag ! Warum ich?

Schlagartig fielen mir wieder meine beiden letzten Alpträume ein !

Waren es gar keine Träume ? Waren es etwa reale Zukunftsvisionen? Meine ganze Hoffnung klammerte sich auf einmal an diesen Traum mit der Beatmungsmaschine ! Ich musste ganz einfach wieder wach werden ! Alleine schon wegen meiner Kinder !

Wirklich alle besuchten mich noch einmal ! Sogar alle meine Arbeitskollegen und Vorgesetzte ! Günther und die Kinder hielten nun zusammen wie Pech und Schwefel ! Sogar Herta von Australien überlegte deshalb herüberzufliegen, aber es machte mehr Sinn mit mir, wenn immer ich konnte, stundenlang mit ihr zu telefonieren, als wenn sie am Flug fast zwei Tage für mich nicht erreichbar sein konnte ! Es waren also alle da, nur niemand meiner Familie, die alle noch in Graz waren ! Mutti sprach nur ganz, kurz mit mir und wollte dann nicht mehr mit mir reden !

Dann kam der Moment wo ich mich von meinen eigenen Kindern, vor meiner Operation verabschieden musste, ohne zu wissen, ob ich sie je wiedersehen könnte ! Es zerriss mir fast das Herz !

Obwohl ich seit meiner Einlieferung jede Menge Beruhigungsmittel bekam weinte ich fast unaufhörlich und fand seither nur wenig Schlaf !

Bis zu meiner „Hinrichtung", wie ich es zu nennen pflegte, versuchte ich mich mit Englischlernen so weit es ging abzulenken und sprach auch weiterhin,

aus diesem Grund, mit Herta so gut ich eben
konnte nur Englisch !

Dann war es endlich soweit ! Das quälende Warten
hatte doch noch ein Ende und ich erwachte, wie in
dem Traum, angeschlossen an die
Beatmungsmaschine, aus dem Tiefschlaf !

29. Hurra, ich lebe noch !

Da lag ich nun, wie ein Tausendfüßler verkabelt und an Schläuchen hängend, unfähig mehr als meine Augen zu bewegen und zu hören. Nur langsam begriff ich, was geschähen sein musste. Es war vorbei und ich war noch da ! Ich war noch in meinem Körper von vorhin ! Hurra, ich lebe noch ! Ich war offensichtlich gerade aus meiner Tiefschlafphase erwacht ! Wie war das noch ? Ich sollte mich bemerkbar machen sobald das eintrat, aber ich würde nicht reden können wegen dem Beatmungsschlauch im Mund und Rachen ! Nur mit den Fingern auf die Bettdecke klopfen können ! Kraft so lange dafür aufheben, bis das Personal wieder an mir hantierte. Ich hörte die mir vertrauten Geräusche einer Intensivstation, hörte ganz nahe neben mir das typische saugende und blasende Geräusch einer Beatmungsmaschine. Das musste wohl meine sein ! Verrückt, ich konnte nicht einmal mehr selbst atmen ! Dazu das regelmäßige Piepsen eines Überwachungsmonitors. Wohl auch meiner ! Ich konzentrierte mich auf den Rhythmus des Piepsens. Gefühlsmäßig hatte ich einen regelmäßigen sehr langsamen Puls. Ich hoffte, dass das auch so blieb ! Mein Beatmungsschlauch drückte mich unangenehm auf der Lippe und langsam drückte mich immer mehr und wurde immer mehr zu Schmerzen. Ich hörte wie sich das Personal unterhielt, das offensichtlich gerade an meinem Nachbarbett einen frisch operierten vom Operationssaal übernahm, umlegten und ihn an alle Geräte anschlossen. Einen besseren Augenblick aus dem Tiefschlaf aufzuwachen hätte ich mir wohl kaum aussuchen können, denn so eine Übernahme kann schon einmal einige Zeit in Anspruch nehmen ! Ich versuchte mich umzusehen, aber so sehr ich auch meine Augen aufriss, ich konnte einfach nichts klar erkennen. Alles war wie in einem Nebel und es strengte mich fürchterlich an. Also schloss ich meine Augen wieder. Von weitem hörte ich plötzlich wie eine Krankenschwester mich ansprach. Sie würden mich jetzt umdrehen. Oh ja, ich spürte es, dass ich gedreht wurde ! Schmerzen durchbohrten meinen ganzen Körper und ich hatte das Gefühl mein Brustkorb würde auseinanderfallen. Vor Schmerzen riss ich meine Augen weit auf und klopfte so fest und rasch ich nur konnte mit der Hand auf meine Unterlage ! Was für ein Glück ! Es wurde sofort wahrgenommen, dass ich wach war !

Eine der Schwestern sagte sofort „guten Morgen Schwester Ulli ! Du bist eine sehr tapfere Ulli" streichelte mir dabei zart über die Wangen, stellte sich selbst vor und plauderte munter weiter mit mir als Kollegin. Das tat mir sehr gut! Obwohl ich im Moment nur ein Häufchen Elend war, abhängig von Maschinen, an diversen Schläuchen hängend, zeigte sie mir Respekt, machte mir Mut und spendete mir Zuversicht ! Gleich darauf erschien mein Chirurg an meinem Bett. Er erklärte mir, dass es jetzt nur sieben Stunden später am selben Tag wäre. Sie mussten mein Herz nicht eröffnen wie erst angenommen ! Erst jetzt erfuhr ich von dem Aneurysma, dass doch nichts akutes war, vermutlich angeboren oder durch ein früheres Geschähen entstanden war. Der Chirurg konnte es von außen mit einer Raffung ausschalten und mir auf diese Weise sehr viel ersparen! Die fünf Tage Tiefschlaf waren daher nicht notwendig gewesen. Alles war bei der Operation gut gegangen und es ging wieder Bergauf ! Er hatte auch Benjamin bereits von meinem Erwachen informiert und er lässt mich lieb grüßen ! Er wünscht mir viel Kraft und gute Besserung ! Völlig erschöpft durch die Konzentration, auf die Informationen des Arztes und froh über das Gehörte entschlummerte ich gleich wieder.

Die folgenden Tage, Wochen und Monate waren alles andere als ein Spaziergang und voll von Schmerzen und voller Ängste !

Trotz Schmerzinfusionen Tag und Nacht waren die Schmerzen ganz besonders jede Nacht meist so schlimm, dass ich mir oft dachte, es wäre vermutlich angenehmer gewesen nicht mehr aufzuwachen und noch einmal würde ich mir das ganz sicher nicht mehr antun !

Das sagten auch meine Mitpatienten, deren Brustkorb auch eröffnet worden war.

Ich hatte schreckliche Angst, dass es noch zu Komplikationen kommen könnte ! Wusste ich doch als Diplomkrankenschwester, was noch alles so passieren könnte, bis ich wirklich über den Berg wäre !

Anfangs hatte ich noch einen zentralen Venenkatheder liegen und so blutjunge Schwestern hantierten daran sehr unerschrocken. Wie schnell konnte da eine größere Menge Luft angesaugt werden, wenn man kurz nicht achtsam war ! Was das wohl bedeuten würde, war wohl jedem klar !

Auf Rehabilitation bekam ich sogar doch plötzlich Rhythmusstörungen und sofort hatte ich die schlimmsten Szenarien vor mir , noch dazu wo ein Mitpatient mit derselben Operation, zwei Tage zuvor diese auch bekommen hatte, reanimiert werden musste und daran schließlich verstorben war !

Zukunftsängste hatte ich auch finanzieller Natur. Ich hatte noch zwei minderjährige Kinder zu versorgen und wir waren erst in eine neue Wohnung eingezogen. Alles lief auf, über und nur durch mich ! Würde ich je wieder arbeiten können?

Lieber Gott bitte steh uns bei !

Ich lehnte ein Konsilium bei einem Neuropsychiater ab, denn ich hatte den Eindruck bodenständig, realistisch und selbst darin genug ausgebildet zu sein, um zu wissen, dass ich so etwas sicher nicht brauchte.

Doch durch Zufall landete ich schlussendlich doch noch bei einer Psychotherapeutin. Ich hätte das nie für möglich gehalten ! In nur vier Sitzungen brachte sie unglaubliches aus mir heraus, dass noch viele Jahre nachwirken würde !

Interessant war auch, dass mein Umfeld, schon in nur wenigen Wochen nach meiner Rehabilitation feststellte, dass ich nicht mehr dieselbe tapfere Ulli, wie vor dem Herzinfarkt war. Knallhart ehrlich wie meine Familie, damit meinte ich meine drei Jungs, und meine Freunde immer waren und es auch immer sein würden, sagten mir das auch sofort auf den Kopf zu ! Ich war anfangs unglaublich sauer deshalb. War ich doch noch immer ich selbst ! Ich war zwar lange nicht mehr so fit, wie vorher, aber sonst immer noch ich selbst ! Ich fühlte mich angegriffen und beleidigt, denn ich konnte meine Veränderung vorerst selbst noch nicht wahrnehmen.

Es dauerte Jahre, um zu begreifen, dass die anderen sehr wohl recht hatten !

Ich war nicht mehr ich ! Die tapfere Ulli, mit dem Leben von einst, gab es nicht mehr !

Das musste wohl bereits das zweite Leben, von dem zwei-in-einem Leben sein, von dem damals der Vater aller gesprochen hatte !

30. Auf ins zweite Leben

Mein Weg zurück war schwer, lange und steinig.
Nicht genug damit, dass ich mich körperlich erst
wieder, nach diesem schweren Eingriff, erholen
und wieder fangen musste!

Immer klarer wurde auch wie emotional
angegriffen ich zusätzlich war.

Es war furchtbar schwer für mich meinen Platz in
meinem neuen Leben zu finden. Meine Umgebung
akzeptierte zwar meine körperlichen Defizite, aber
nicht, dass ich nicht mehr die Person sein konnte,
die ich zuvor noch war!

Allen voran, meine eigene Mutter!

Sie war es gewöhnt, dass ich mich brav zu der
Person entwickelt hatte, wie sie es für mich, mit
meiner Namensgebung beabsichtigt hatte. Sie rief
mich seit dem Beginn meiner Ausbildung zur
Diplomkrankenschwester immer häufig an, um mir
ihre diversen Wehwehchen und Eheprobleme zu
schildern und mich daran zu erinnern, wie oft sie
schon operiert wurde, wie arm sie wäre und was
sie daher alles von mir demnächst benötigen

würde. Regelmäßig hörte ich, wenn sie mit anderen neben mir über mich sprach, dass sie kaum noch zu Ärzten gehen müsse, weil ich ihr ohnehin immer alles richtig sagte und sie würde sich immer mit allem auf mich verlassen können !

Damit war ich anfangs sogar stolz auf mich selbst, dass ich mehr leisten konnte als andere ! Doch am Ende brachte mich genau das dahin, wo ich nun war ! Meine Therapeutin fragte mich, warum ich immer mehr leisten musste als andere. Eine gute Frage ! Warum eigentlich? Ich hatte dafür keine Antwort. Meine Therapeutin wollte, dass ich darüber nachdachte !

Seit meiner Einlieferung mit Herzinfarkt ins Spital, mit anschließender Herzoperation, wollte meine Mutter kaum noch mit mir sprechen. Sie rief mich auch nicht mehr an und wenn ich sie anrief, fasste sie sich nur kurz. Sie wollte mich auch nicht besuchen, denn sie wollte mich nicht belasten, anstatt mir ihre Unterstützung anzubieten. Sie dachte nicht einmal darüber nach. Das zeigte sich immer wieder bei diversen Gelegenheiten. Ganz automatisch bat sie mich stattdessen mehrfach, wie üblich diverse Handgriffe für sie zu tun. So bat sie mich auf meinem Rehabilitationsaufenthalt, ganze drei Monate nach meinem Eingriff, ob ich ihr den Hocker näher schieben könnte damit sie ihre Beine hochlegen konnte. Ebenso automatisch schickte ich mich schon an, das wie gewohnt auch wirklich zu tun ! Ich tat es aber dann doch nicht, weil der Hocker für mich so kurz nach meinem Eingriff viel zu schwer war. Das musste meine Therapeutin unter anderem wohl gemeint haben ! Wie konnte Mutti jetzt nur so etwas von mir verlangen? Andere Mütter übernehmen alles für ihre Kinder, wenn diese nur einen banalen Schnupfen hatten und wieder andere tun sogar alles für ihre Kinder, auch wenn diese gar nicht krank waren !

Ich war emotional nicht in der Lage und fühlte mich zu schwach, um überhaupt Hilfe anzufordern und erst recht, dass ich das bei meiner eigenen Mutter überhaupt tun musste !

Es war anscheinend für meine Umgebung nicht begreiflich, dass ich nun nicht mehr diejenige war, die man um alles fragen und bitten konnte, die alles wusste und erledigte, ganz egal was es auch war und völlig egal zu welcher Tag- oder Nachtzeit !

Dass nun ich die Hilfsbedürftige war, konnten nur die wenigsten begreifen. Die meisten zeigten sich reichlich vor den Kopf gestoßen, wenn ich nun häufig nein sagen musste, weil ich nicht mehr konnte oder nur um mich, auf Anraten aller meiner Ärzte, vor weiteren Problemen solcher Art, in der Zukunft zu schützen.

Von Anfang an waren es nur meine drei Jungs, die mich auffingen und auch weiterhin im Alltag unterstützten und mental natürlich meine God-mummy von Australien, mit stundenlangen Telefongesprächen.

Sie nahm mir meine Ängste, machten mir Mut und gab mir Zuversicht. Auch das gesamte Personal auf den Intensivstationen wusste das und sorgte umsichtig dafür, dass ich mein Handy immer geladen bei mir hatte, denn auch meine Monitore zeigten deutlich die positive Wirkung dieser Gespräche mit Herta !

Ohne diese Gespräche auf den Intensivstationen hätte ich vermutlich das alles nicht überlebt und wäre vor Angst schon verstorben !

Ich werde ihr noch ewig dafür dankbar sein, mit welch Ausdauer und Einfühlungsvermögen sie in diesen schweren Stunden für mich da war.

Tapfer kämpfte ich mich zurück in meinen gewohnten Alltag. Schon mit November war ich wieder, auf eigenen Wunsch, natürlich anfangs noch lange mit strengen Auflagen meiner Kardiologen, wieder zurück in meiner Arbeit. Ich durfte nun von da an keine Nachtdienste mehr leisten und vorläufig keinerlei körperlichen Belastungen ausgesetzt sein. Ich wurde daher in die Ambulanz versetzt. Das war die beste

Entscheidung, die ich treffen konnte, denn von da an ging es in großen Schritten wieder Bergauf! Meine Existenzängste verschwanden damit rasch und ich wurde abgelenkt und wieder ausdauernder. Noch lange hatte ich ein Problem, wenn es nur ganz wenig Bergauf ging und unsere Neunzigjährigen überholten mich noch lange mit ihren Rollmobilen hinauf zum Eingang des Pensionistenheims.

Erst drei Jahre später, als ich mir schon ziemlich sicher war, dass ich das Ganze mit meinem Herzinfarkt überstanden hatte und ich tatsächlich weiterleben durfte, geschah doch noch etwas, womit ich überhaupt nicht mehr gerechnet hatte. Was nun eines Abends geschah hätte ich mir nie träumen lassen! Es wurde mir aber bereits von meiner Psychotherapeutin damals auf Rehabilitation so, oder so ähnlich angekündigt!

Ich hielt es jedoch für unmöglich, denn ich hielt mich für eine robuste, bodenständige Realistin, die immer alles ansprach, was gerade Sache war und die ganz sicher nicht so was wie nicht geweinte Tränen, wie die Therapeutin es nannte, in mir schlummern hatte!

Aber dann!

Herta aus Australien war für einige Wochen zu Besuch bei uns in Wien. Sie wollte eigentlich in den

Wochen, die sie hier verbrachte, probewohnen, um zu sehen ob sie in ein paar Jahren, zu ihrem Lebensabend wieder ganz nach Österreich zurückkehren würde. Allein, dass sie diese Möglichkeit nur in Betracht zog, ließ mich auf Wolken schweben. Doch dann war sie leider mehr auf Achse als da und von probewohnen nicht mehr viel übrig. Immerhin reichte es aber um mit ihr einmal vier zusammenhängende Tage ganz allein verbringen zu können. Günther war zu der Zeit für eine Woche bei seinem Bruder um ihm beruflich, wie so oft unter die Arme zu greifen. Benjamin war bei seiner Freundin und Philip im Internat. So genossen Herta und ich diese vier Tage für das, was zwei Frauen allein für gewöhnlich so tun. Sightseeing, Kaffeetratsch und shoppen und shoppen und abends das eine oder andere Glas Wein.

Zwei Tage waren bereits auf diese Weise vergangen und zwei weitere lagen noch vor uns. Der Wein hatte seine Wirkung nicht verfehlt und wir kicherten und lachten beim gemeinsamen Zähneputzen. Wie üblich umarmten wir uns kurz, um gute Nacht zu sagen mit einem Küsschen auf die Wangen. Herta drückte mich noch einmal fest, bedankte sich für die schöne gemeinsame Zeit und für das, was wir alles unternommen hatten. Dann gingen wir beide jeweils in unsere Zimmer und schlossen die Türen.

So wie ich meine Türe geschlossen hatte, schossen mir plötzlich und völlig unvermutet Tränen über die Wangen und wurden zu einer wahren Sturzflut. Ich wollte das nicht und konnte mir das überhaupt nicht erklären, denn es gab keinerlei Grund, um jetzt zu weinen ! Ich wollt nur aufhören, aber es ging einfach nicht. Wie beim Überdruckventil meines Kelomats schossen mir die Tränen aus den Augen ! Oh Gott, was war das nur? Bin ich jetzt übergeschnappt? Da hörte ich auf einmal wieder meine Psychotherapeutin von der Rehab ! Ich würde eines Tages die Tränen weinen, die ich die ganzen Jahrzehnte hätte weinen sollen, es aber nie zu gelassen hatte oder es auch nicht konnte. Sie hatte mir genau solche Szenen, wie gerade eben ausgemalt. Ich würde von da an eine lange Zeit, unter solchen unkontrollierten Weinkrämpfen leiden. Vermutlich sogar mehr als ein Jahr, aber wenn es dann nicht aufhören würde, dann musste ich ihr versprechen, neuerlich professionelle Hilfe in Anspruch zu nehmen !

Ich saß aufrecht in meinem Bett. Immer noch schossen mir die Tränen in Fluten über die Wangen. Wie gab es das nur, wo kamen diese vielen Tränen nur her und warum gerade jetzt? Seltsam, diese Tränen taten irgendwie sogar so was von gut ! Ich fühlte plötzlich diesen Druck in mir, der nun mit jeder Träne weniger zu werden schien.

Noch nie zuvor hatte ich so ein Gefühl, wenn ich weinen musste !

Ja, aber warum gerade jetzt? Erst Jahre später sollte ich für diese Frage eine sinnvolle Antwort bekommen.

Meine Weinkrämpfe blieben, auch als Herta schon wieder längst in Australien war ! Sie überfielen mich gewöhnlich ohne jegliche Vorwarnung aus dem Nichts heraus. Ich stürzte dann immer so rasch ich nur konnte auf ein WC und wartete dort, bis es vorbei war. Das gelang mir nur leider nicht immer unbemerkt ! Die Leute fragten mich dann, was ich hätte, aber so sehr ich auch für mich selbst versuchte eine Erklärung zu finden; es gab einfach nie eine plausible Erklärung für meine Tränen in diesem Moment ! Hätte mir meine Therapeutin damals das nicht genau so beschrieben, ich hätte mich nun längst in eine Psychiatrie einweisen lassen !

Schließlich legte ich mir für solche Fälle irgendwelche Geschichten zurecht, die ich aber leider nur bei fremde anwenden konnte. So litt ich unter Liebeskummer oder mein Opa war gerade verstorben. Opa ließ ich allerdings nur einmal, noch einmal zu diesem Zweck sterben, denn dann wurde mein Weinkrampf nur noch schlimmer !

Langsam kannten alle meiner Freunde meine Weinkrämpfe. Sie waren alle, so wie ich selbst, mehr oder weniger hilflos und vor allem anfangs völlig entsetzt. Sie kannten mich bisher alle als fröhliche unbeschwerte, die nichts aus der Bahn warf und stehts für alle Schandtaten bereit war. Für alle war ich bisher ihr Fels in der Brandung und mich nun so geschüttelt und hilflos meinen Weinkrämpfen ausgeliefert zu sehen, war für die meisten einfach zu viel. Die meisten meiner Freunde begannen sich immer mehr von mir abzuwenden und es blieben mir nur noch wenige und die allerbesten Freunde ! Spreu trennte sich von Weizen. Es wendeten sich allerdings dabei diejenigen ab, die ich erst noch für meine allerbesten Freunde gehalten hatte und es blieben die, von denen ich es gar nicht vermutet hätte ! Anscheinend war nichts mehr, wie es einmal war. Das nagte zusätzlich ordentlich an mir. Langsam begann ich nun nachvollziehen zu können, was meine Freunde schon sehr rasch festgestellt hatten ! Ich war wirklich nicht mehr die Ulli von zuvor !

Immer mehr bekam ich zu spüren, dass sich das was ich mir mein Leben lang abverlangt hatte nun an mir rächte und ich wohl nie mehr so werden würde wie ich einmal war. Dazu kam, dass ich auch bewusst daran arbeiten sollte, dass ich eben ganz sicher nie mehr so wie zuvor werden würde, um weiter leben zu können. Würde ich das nicht tun, dann wäre ich sehr rasch wieder da, wo ich erst noch war und dann wäre mein Leben vermutlich ganz vorbei !

31. Warum nur?

Seit meiner Einlieferung damals mit Herzinfarkt ins
Spital und seit meiner Psychotherapie kreisten
meine Gedanken immer wieder um dieselben
Fragen. Warum musste das gerade mir passieren?
Womit hatte ich das nur verdient?

Lange fand ich auf diese Fragen keinerlei
Antworten. Ich konnte an allem einfach keinen Sinn
erkennen. Ich fühlte mich völlig frustriert und aus
der Bahn geworfen. Die erste Zeit nach dem Vorfall
dachte ich sogar, dass ich sicher nie mehr meine
Arbeit aufnehmen können würde. Das dachte ich
nicht nur weil meine Tätigkeit unter anderem doch
auch körperlich sehr anstrengend war und ich
vermutlich dazu nie mehr fit genug sein würde.
Nicht nur das, ich hatte schon allein ein Problem
bei dem Gedanken unsere Oldies wieder zu
versorgen und für sie wieder wie vorher, da zu sein.
Es waren da die Bewohner schließlich alle über
achtzig und keiner von ihnen war nur ansatzweise
so krank wie ich es selbst jetzt schon war !
Eigentlich sollten die Bewohner nun direkt für mich
da sein !

Schon kurz nach dem meine Diagnosen festgestanden waren, wurde mir von allen Ärzten erklärt, dass ich mit meinen zweiundvierzig Jahren, den Altersdurchschnitt deutlich nach unten gedrückt hätte.

Damit hatte ich auch im Alltag schon Probleme genug in diese Richtung !

Es begann schon auf meinem Rehabilitationsaufenthalt. Dort fragten mich meine Tischnachbarn, was ich junges Ding da verloren hätte. Mit meinem Alter hätte sich niemand getraut auf eine Kur zu gehen. So junge Leute wie ich müssten erst einmal eine ordentliche Leistung erbringen, bis ihnen überhaupt so ein Aufenthalt wie hier bewilligt würde ! Ich hatte weder Kraft noch Lust mich mit ihnen in irgendeine Diskussion zu verwickeln. Irgendwann hörte diese Angriffe auch das Personal. Damit erfuhren meine freundlichen Tischnachbarn vom Personal, dass ich zu der Zeit, mit Abstand am kranksten war und niemand in dem Moment so sehr diese Rehab brauchen würde, wie ich gerade. Damit hatte ich endlich meine Ruhe von den ständigen Angriffen !

Wie oft wurde ich auch allein schon in den öffentlichen Verkehrsmitteln angeschnauzt, wenn ich nicht für etwas ältere Herrschaften aufstand, um ihnen meinen Platz anzubieten ! Einmal sogar so aggressiv, dass ich in meiner Verzweiflung meine

Bluse aufriss und meine immer noch stark geschwollene lila unterlaufene Narbe auf meinem Brustbein in der Runde präsentierte und dabei anbot ihnen auf Wunsch noch mehr solcher Narben an meinem Körper herzeigen zu können. Das saß einmal, war aber leider nicht für den täglichen Gebrauch geeignet.

Auch U-Bahnen mit ihren Rolltreppen hatten seit meinem Eingriff nun so ihre Tücken für mich. Wenn die Rolltreppen ausfielen, dann musste auch ich die Treppen nehmen und dann hieß es meist gleich einige Stockwerke zu Fuß zu gehen. Bergauf war das dann natürlich, für mich eine wahre Herausforderung, trotz meiner selbstauferlegten Trainingseinheiten, zu Hause in den siebten Stock zu gehen. Bei Stoßzeiten entwickelte ich mich dann sehr rasch zu einem wahren Verkehrshindernis, ganz so wie ein einzelnes parkendes Auto bei Stoßzeiten auf Hauptverkehrsstraßen !

Es überholten mich bei solchen Gelegenheiten auch sehr alte Leute und was ich mir dann dabei so anhören musste, wollte ich hier besser nicht erwähnen !

Bei solchen Aktionen haderte ich immer wieder aufs Neue mit meinem Schicksal. Noch dazu verlor ich immer mehr meiner besten Freunde ! Bis auf meine drei Jungs, war auch Unterstützung meiner Familie Fehlanzeige ! Ich fragte mich dann immer wieder aufs Neue, warum ich und warum hatte ich das alles nur verdient?

Erst dann, als das mit meinen Weinkrämpfen los ging, fiel mir ein, dass ich seit meiner Herzoperation nie mehr Kerzen im „Steffl" gestiftet hatte und auch noch nicht bei Tante Hansi am Grab war. Nicht weil es mir nicht mehr wichtig erschien, sondern ich war von den ganzen Vorkommnissen nicht nur körperlich, sondern auch gedanklich so überwältigt, dass es mir einfach nie in den Sinn kam, das wieder zu tun. Körperlich war es nun kein Problem mehr, trotz Arbeit, dort wieder hinzu gehen.

Gleich am nächsten freien Wochentag, damit ich allein hin gehen konnte, nahm ich eines nach dem anderen in Angriff.

Zuerst ging ich zu Tante Hansi. Ihr Grab war, wie immer vom Sohn gut gepflegt. Ich brachte vier Kerzen mit, je eine für Tante Hansi, für meine Großeltern und für alle anderen meiner Verstorbenen und ein hübsches Herz aus Moos. Normalerweise rauchte ich mir an ihrem Grab immer eine Zigarette an, denn sie liebte es zu Lebzeiten mit mir eine gemütlich zu rauchen. Seit meiner Herzgeschichte war ich nun aber brav Nichtraucher geworden. Es viel mir sehr schwer, denn ich war eine starke Raucherin, aber ich wollte stärker sein als diese kleinen Feinde meiner

Gesundheit und hatte bis jetzt allen Versuchungen standgehalten.

Nun stand ich da bei Tante Hansi ohne unser Ritual. Das war auch sehr eigenartig.

Ich sah mich um. Wie meistens, so auch jetzt, war niemand zu sehen gewesen. Also konnte ich Tante Hansi nun ruhig mein Herz ausschütten. Was sollte ich ihr aber eigentlich erzählen, was sie nicht ohnehin schon längst wusste und vermutlich wusste sie sogar noch weit mehr als ich ! So begann ich sehr bald vom Erzählen abzukommen und ihr stattdessen Fragen zu stellen, die mir längst auf der Seele brannten. Vor allem die Frage nach dem „Warum ich, worin lag der Sinn, ….?" Doch auch Tante Hansi schwieg sich zu diesen Fragen aus. Alles war und blieb geradezu auffallend still ! Ich blieb noch eine Ganze Weil bei ihr stehen und starrte fragend auf ihr Grab vor mir. Ich konnte nicht einmal sagen, ich hing meinen Gedanken nach, denn auch in meinem Kopf war es genauso still, wie um Tante Hansi. Da durchfuhr es mich wie ein Blitz ! Ich fragte mich, war Tante Hansi nicht mehr da, nicht mehr erreichbar für mich? Wo konnte sie nur hingekommen sein, was sollte das bedeuten? Da endlich ! In meinem Kopf regten sich meine Gedanken wieder. Was hatte Tante Hansi früher immer, bei solch schwierigen Situationen und zu Fragen, wo es im Moment keine Antwort gab, gesagt? Alles hat immer einen Sinn ! Geh es ist Zeit für dich, ich denk an dich ! Du brauchst niemanden ! Wer nicht kommen will braucht nicht gehen ! Konzentriere dich auf deine drei Männer und deine Arbeit, damit hast du genug zu tun und dann werden sich auch die Antworten finden !

Ich hob meinen gesenkten Kopf und starrte auf das Grab. Ich war mir nun wieder sicher. Das war doch wieder Tante Hansi ! Ich schickte ihr ein Handi Bussi bedankte mich und ging, wie geheißen, nach Hause um mich um meine Männer und die Arbeit zu kümmern. Tante Hansi hatte, wie immer schon, Recht ! Wozu noch lange fragen, wenn es doch keine Antwort gab ! Besser Zähne zusammenbeißen und das Beste aus allem machen, was noch da war !

Auch im „Steffl" Kerzenstiften war ich bald darauf endlich wieder. Dabei bedankte ich mich vor allem, dass ich meine Herzgeschichte überleben durfte und bat um weiterhin Durchhaltevermögen und Kraft für mein weiteres Leben, um noch lange vor allem für meine Kinder da sein zu können.

Schon bald nachdem ich diese beiden Rituale wieder aufgenommen hatte, mich nur noch auf meine Jungs und meine Arbeit konzentrierte, begann eine eigenartige Dynamik in meinem Leben. Die Spirale nach unten schien auf einmal gestoppt zu sein.

Langsam, ganz langsam, aber doch deutlich erkennbar, wurde ich wieder etwas fitter. Meine Dienste strengten mich nicht mehr ganz so sehr an als wie noch zu Beginn nach meiner vorzeitigen Rückkehr an meine Arbeit nach meiner Herzoperation, wo ich fast den Heimweg nicht mehr schaffte ! Auch den Heimweg selbst bewältigte ich wieder etwas leichter, wenn auch der minimale Anstieg von der Straßenbahnhaltestelle bis zu unserer Haustür von mir immer noch als eine ordentliche Bergstrecke wahrgenommen wurde. Ganz so, wie ein steter Tropfen auch einen Stein höhlt, so verhielt es sich mit meinen Routinetätigkeiten, die mich sichtlich auch trainierten.

Auch meine brennenden Fragen, nach dem was für einen Sinn meine Herzgeschichte hatte, wurden immer mehr beantwortet.

32. Ein Geschenk des Himmels

Schon bald nach meiner Rückkehr an meine Arbeit stellte ich fest, dass es für mich plötzlich doch kein Problem war meine Oldies, wie ich unsere Bewohner im Pensionistenheim insgeheim bisher für mich selbst liebevoll nannte, wieder wie vorher zu versorgen. Wie schon immer, seit ich diesen Beruf ergriffen hatte, konnte ich meine Probleme auch diesmal völlig ausblenden und mich nur auf meine Arbeit konzentrieren. Selbst meine körperlichen Einschränkungen, die ich nun ja immer noch stark hatte, nahm ich dabei kaum noch wahr. Allein diese Tatsache ließ mich rasch wieder aufblühen. Zusätzlich konnte ich gerade durch meine schlimme gesundheitliche Erfahrung nun noch viel besser auf unsere Bewohner eingehen. Konnte ich früher nur erahnen, wie es Patienten kurz vor ihrem bevorstehenden Tod psychisch gehen möge, wusste ich nun ganz genau wie das für sie sein musste und konnte sie nun nur noch besser unterstützen als je zuvor. Ich fand sogar auch noch rascher Zugang, zu oft sehr herausfordernden Bewohnern und ihren oft noch schwierigeren Angehörigen ! Wie oft hörten wir als Krankenpflegeperson „sie sind ja noch jung und gesund und wissen nicht, wie es ist…..", doch wenn nun die Bewohner oder deren Angehörige so etwas sagten und von mir meine eigene Diagnose hörten, dann hatten wir damit nun sofort eine gegenseitige Vertrautheit. Wir hatten eine Gesprächsbasis, die ich zuvor nie gekannt hatte. Seitdem wusste ich, meine Herzgeschichte hatte doch einen Sinn ! Obwohl der Sinn damit mehr meinen Oldies als mir zugutekam, war ich doch sehr froh endlich einen Sinn in meiner schlimmen Erfahrung gefunden zu haben !

Das war dann doch nicht der einzige Sinn, wie sich noch herausstellen sollte.

Meine Weinkrämpfe wurden damit seltener und weniger überfallsartig.

Die ganze Sache mit meinem Herzen brachte mich sogar dazu, endlich mein Ziel nach Australien zu gehen in die Tat umzusetzen, denn wer weiß was und ob ich das morgen noch tun können würde !

Es sollte erst einmal nur ein Urlaub werden, mit Günther und Philip. Benjamin war leider beruflich nicht abkömmlich und wollte bei seiner Freundin und ihrer Familie bleiben.

Doch ich stellte sicherheitshalber schon alle nötigen Nachforschungen an, um vielleicht doch noch gleich dort bleiben zu können. Es wurde ein unvergessliches Erlebnis, nach so langen Jahren endlich am Ziel bei Herta in Australien zu sein !

Bei dieser Gelegenheit lernte ich nun auch Inge, Hertas Schwester in Sydney kennen. Es war eine unglaublich berührende erste Begegnung, wie es sich niemand von uns je hätte erträumen lassen !

Wir alle hatten das Gefühl uns schon ewig zu kennen. Was Inge und mich anging stimmte es sogar irgendwie. Wir kannten uns gegenseitig durch die unzähligen Erzählungen und von vielen Fotos meiner Großeltern, seit ich denken konnte. Wir hatten uns nur noch nie persönlich bis dahin kennengelernt. Dazu kam, dass Inge und ich jeweils eine Zeitlang in unserer Jugend bei meinen Großeltern gewohnt hatten, nur eben zeitversetzt. Damit hatten wir beide viele Angewohnheiten meiner Großeltern in unserem Alltag ebenfalls übernommen, was mich bei ihr sofort zu Hause fühlen ließ und an mir bei ihr schöne anheimelnde Erinnerungen wachrief. Viel zu schnell verging dieser erste Aufenthalt in Australien. Als ich Herta eröffnete, dass ich bereits Überlegungen angestellt und schon Informationen zur Immigration eingeholt hatte, um ganz in Australien zu bleiben, eröffnete Herta mir ihre Zukunftsplanung. Herta hatte tatsächlich beschlossen nach ihrem siebzigsten Geburtstag nach Österreich zurück zu gehen, um ihren Lebensabend bei mir in Wien zu verbringen ! Das kostete mir eine ganze schlaflose Nacht mit einer Flasche Wein und vielen Tränen, denn Herta war es so ernst, dass sie meinte, dann würden wir halt nur unsere Plätze tauschen und weiter machen wie bisher.

Am Heimflug, sobald ich mich von Herta verabschiedet hatte, hatte ich wieder einen meiner Weinkrämpfe. Den ganzen Flug über, von der Sunshine Coast nach Sydney zu unserem Anschlussflug, schossen mir die Tränen aus den Augen über die Wangen, wie ein Tsunami. Günther meinte er hätte schon Angst gehabt, dass der Flieger überschwemmt werden würde.

Zu allem Überfluss wartete zu Hause in Wien dann noch eine schreckliche Überraschung auf mich. Ich wollte meine Mutter in Salzburg besuchen, und ihr das Souvenir von Australien mitbringen und dabei meine Schwester aus der Schweiz da treffen, doch meine Mutter wollte mich einfach nicht sehen und wollte mich auf keinen Fall sehen !

Das war zu viel für mich und ich bekam einen schweren Rückfall, was meine Weinkrämpfe anging. Sie waren wieder überfallsartig, unkontrollierbar und schlimmer als je zuvor ! Es kam von ihr zu keinerlei Entschuldigung oder der

Gleichen. Ich spürte wie meine Gefühle für meine Mutter damit abstarben. Meine Beziehung zu meiner Mutter, seit ich klein war, mich mit den Kindern vor Jahren im Stich gelassen, ihr Verhalten als ich sie so dringend mit meiner Herzgeschichte gebraucht hätte und nun noch diese knallharte Zurückweisung, das war einfach zu viel für mich ! Die folgenden Jahre verfolgten mich meine Weinkrämpfe wie eine riesige schwarze Wolke. Es kostete mich ungeahnte Kräfte mein Leben im Griff zu behalten. Ich hätte als Schauspielerin direkt einen Oskar verdient, so wie ich es schaffte glaubhaft froh und glücklich zu wirken, für jeden Spaß zu haben, solange bis mich der nächste Weinkrampf wieder in den Keller stürzte ! Ich lebte ganz nach dem Motto „Humor ist, wenn man trotzdem lacht". Ich spielte mir so lange vor froh und glücklich zu sein, dass ich es zwischen meinen Weinkrämpfen sogar selbst schon glaubte froh und glücklich zu sein ! Ich lernte damit meine traumatisierende Vergangenheit einfach auszuschalten und auf mich selbst zu schauen und mir selbst Gutes zu tun. Damit machte meine Herzgeschichte nun auch für mich selbst Sinn, denn ohne diese Erfahrung wäre ich wohl immer noch in meinem alten Leben, in meinem Hamsterrad nur für alle andern funktionierend ! Das Aufwachen und Ausbrechen aus diesem Dasein war sehr schmerzhaft und aufwühlend, aber unter dem

Strich hätte mir nichts Besseres passieren können und hätte ich die Wahl, ich würde meine Herzgeschichte nun nicht mehr missen wollen !

Langsam füllten auch wieder neue Freunde, die Lücken der alten Freunde, die sie hinterlassen hatten, als diese mich verlassen hatten. So kam auch die Kellnerin Josy in mein Leben. Wir hatten ähnliche Erfahrungen in unsere Kindheit. Sie zeigte von Anfang an Verständnis für meine Weinkrämpfe. Mit ihr verbrachte ich gemeinsam viele Nächte allein im dunklen Lokal mit einer Flasche Wein. Solche Nächte ersetzten mir die Stunden bei einer Psychotherapeutin und ich bin mir heute noch sicher, dass sie bei mir damit sicher mehr Erfolg erzielt hatte, als es jede andere Therapeutin gekonnt hätte.

Auch alte Bande erwachten wieder zum Leben. Dazu gehörte meine Schwägerin Christine aus erster Ehe und mein Neffe Patrick ! Das Leben hatte uns nach ihrer Scheidung und dann nach meiner eigenen Scheidung einfach in andere Richtungen getragen, aber nun hatten wir uns wieder ! Wir waren über viele Jahre mit unseren Männern, die Brüder waren, eine Familie mit allem was da so dazugehörte. Christine und ich waren dadurch so etwas wie Schwestern geworden. Nun hatten wir uns wieder und genossen es in vollen Zugen. Die Beiden waren auch Balsam für meine

Psyche und meine Weinkrämpfe ! Beide hatten es in der Zwischenzeit auch nicht leicht gehabt und so versuchten wir alle nun so viel wie möglich gemeinsam Spaß zu haben, Unsinn zu machen und das Leben bewusst zu genießen, wenn immer es nur möglich war. Auch das konnte ich erst jetzt und war mir in meinem alten Leben, in meinem Hamsterrad schier unmöglich. Wieder etwas, das meiner Herzgeschichte einen Sinn gab und mittlerweile sah ich sie sogar fast als ein Geschenk des Himmels !

Auf diese Idee kam ich insbesondere, weil ich nun in meinem zweiten Leben auch zur Welt der Körperlosen, eine noch engere Beziehung hatte als ich es zuvor ohnehin schon hatte. Ich konnte nun fühlen, wenn ein Körperloser in meiner Nähe war und manchmal hatte ich nun sogar das Gefühl, dass mich jemand von drüben berührte. Wenn so etwas geschah, dann wusste ich seither, dass ein großes Problem auf mich zu kam. Anfangs hatte ich dann immer Angst was nun auf mich zukommen würde, bis ich begriff, dass dies zwar der Fall war, aber jemand von drüben bei mir sein würde und dadurch, trotz aller Widrigkeiten, wieder alles gut ausgehen würde ! Es verabschiedeten sich sogar Bewohner, die gerade noch im Sterben lagen bei mir ! So wie eine Bewohnerin mir dabei von hinten einmal auf die Schulter griff, obwohl hinter mir niemand anwesend war. Als meine Kollegin und ich, die im Sterben liegende Bewohnerin Minuten zuvor kontrolliert hatten und die Bewohnerin noch unter uns gewesen ist, aber nun wirklich von uns gegangen war ! Solche Vorkommnisse gehörten nun fast zur Tagesordnung.

In den folgenden vier Jahren flog ich nun jeden Jänner für einige Wochen nach Australien, um vor allem Herta zu besuchen und natürlich dort Land und Leute immer besser kennenzulernen und vor allem auch um die Sprache zu lernen. Ich genoss diese Wochen dort jedes Mal in vollen Zügen und bereute keinen Cent, obwohl diese Reisen immer eine Lawine kosteten.

Dann war es wirklich so weit !

Herta setzte ihr Versprechen in die Tat um und zog zu uns nach Wien ! Ich konnte mein Glück nicht fassen ! Alles jubelte in mir, wie noch nie zuvor ! Sie war wirklich da und wollte für immer bleiben ! Sie wollte sogar, nach ihrer Wartefrist in ein Pensionistenheim einziehen, in dem ich arbeitete !

Doch mein Bauchgefühl sah sie bald darauf nicht mehr dort einziehen und später auch nicht mehr bei uns wohnen. Irgendetwas sagte mir deutlich, dass das jetzt noch nicht alles war. Ich verstand nicht was da plötzlich los war, doch damit sollte ich dann wirklich Recht behalten !